ファン文庫

万国菓子舗　お気に召すまま

雪の名前と甘いレモンコンポート

著　溝口智子

マイナビ出版

Contents

登場人物

Characters

村《むら》崎《さき》荘《そう》介《すけ》

『万国菓子舗《ばんこくかしほ》　お気に召すまま』店主（サボり癖あり）。
洋菓子から和菓子、果ては宇宙食まで、
世界中のお菓子を作り出す腕の持ち主。
ドイツ人の曾《そう》祖父譲りの顔だちにも、ファン多し。

斉《さい》藤《とう》久《く》美《み》

『お気に召すまま』の接客・経理・事務担当兼〝試食係〟。
子どもの頃から『お気に召すまま』のお菓子に憧れ、
高校卒業後、バイトとなった。明るく元気なムードメーカー。

安《あん》西《ざい》由《ゆ》岐《き》絵《え》

八百屋『由辰《よしたつ》』の女将《おかみ》であり、荘介の幼馴染み。
女手一つで切り盛りし、目利きと値切りの腕は超一級。

班《まだら》目《め》太《た》一《いち》郎《ろう》

フード系ライター。荘介の高校の同級生。『お気に召すまま』の
裏口から出入りし、久美によく怒られている。

藤《ふじ》峰《みね》　透《とおる》

久美の高校時代の同級生。大学で仏教学を専攻。恋人である
星野陽《ほしのよう》にベタ惚れして、いつも久美にのろけている。

International Confectionery Shop

Satoko Mizokuchi

万国菓子舗お気に召すまま

雪の名前と甘いレモンコンポート

溝口智子

ナポレオンパイに不可能の文字なし

今日はまったくいい日だ。斉藤久美《さいとうくみ》は鼻歌まじりに、空を見上げる。晩秋の空は寒々しく重い雲が広がっているが、久美の気分はバラ色だった。

店のお菓子は早々に完売したのだが、今日はサボり癖のある店長が一日中、店にいたおかげで追加のお菓子を出すことができた。その店長は一足早く初冬向けの新商品の開発に熱を入れている。毎日作り上げられる輝くような試作品は、試食を楽しみにしている久美にとって、これ以上ないご褒美《ほうび》だ。とくに今日は三種類もの試作品を一気に作るという。運勢は順風満帆《じゅんぷうまんぱん》の大吉だと言えた。久美は意気揚々と、追加のお菓子用に買った生クリームが入った袋を振り回す。

商店街から店に向かう角を元気に曲がると、電信柱に寄りかかって俯いている男性の姿が目に入った。ゆらゆらと揺れて、今にも倒れそうな様子だ。

「大丈夫ですか？」

小走りに駆けよって声をかけたが、なんの反応もない。久美はそっと男性の腕に触れて、もう一度尋《たず》ねた。

「具合が悪いんですか？」

やっと気がついたようで、男性はぼんやりと顔を上げた。二十代後半くらいだろうか、久美より少し年上に見える。無精ひげがはえた頬の血色は悪い。

「あぁ……、寝てた」

「寝てた？　立ったまま？」

男性は、ぼうっとした視線を久美に向ける。

「ああ、すみません、心配かけたみたいで。けど、大丈夫。いつものことだから」

久美は男性の寝ぼけ顔をまじまじと見つめる。がっしりした獅子鼻《ししばな》で頑固そうに見えるが、覇気《はき》がないせいか、同情したくなるくらい情けない表情だった。

「こんなところで寝ていて倒れたら、車に轢《ひ》かれちゃいますよ。送っていきます、お宅はどちらですか？」

「いや、家に帰る時間はないんだ。これからバイトに行かないと……」

男性は腕時計を見ると「あと一時間半か……」と呟《つぶや》く。

「公園かどこかに移動するから大丈夫、ありがとう」

移動しようとする男性の足取りはフラついている。コートは着ておらず、夕暮れ間近で気温が下がってきている今、公園などで寝てしまったら風邪をひくだろう。久美は放っておけず、また声をかけた。

「あの、うちの店に来ませんか」

男性は足を止めて、相変わらず、ぼんやりと振り返る。

「すぐ近くのお菓子屋さんなんです。イートインスペースがあるから、少し休んでいってください」

「いや、迷惑はかけられないから」

「迷惑じゃないです。うちの店、あんまり有名じゃないので、知ってもらって、知りあいの方にも広めてもらえれば宣伝になりますから。ぜひぜひ」

久美の軽い口調に、男性は少し笑った。

「じゃあ、行ってみようかな」

「どうぞどうぞ、いらっしゃいませ！」

久美は男性を伴って店に向かった。


駅前から住宅街に向かう路地の角に、その店『万国菓子舗《ばんこくかしほ》　お気に召すまま』はある。福岡《ふくおか》市の繁華街・天神《てんじん》から電車で十分ほどの大橋駅《おおはしえき》の近くだ。

大正時代の創業で、ドイツ人の先代から受け継いだ伝統的なドイツ菓子と、現店主が作る和洋さまざまなお菓子が並ぶ。

大正の息吹《いぶき》を残す、時代を経《へ》た建物を見上げて、男性は「いい感じだ」と眠たげな声で呟いた。

ガラス窓が嵌《は》まった年代物のドアを開けると、カランカランと明るいドアベルの音と甘いお菓子の香りが客を出迎える。広い窓から町並が臨め、小さな店だが広々として見える。

ぴかぴかに磨き上げられたショーケースの中の色とりどりのお菓子たちも、壁に作り付けの棚に並ぶ焼き菓子たちも、客待ち顔をしている。まるでどれもが命を持っているかのように、生き生きとして見えた。

ドアベルの音を聞きつけて、奥の厨房《ちゅうぼう》から店主が顔を覗《のぞ》かせた。

「いらっしゃいませ」

店主を見た男性は、ぱちくりと瞬《まばた》きをした。

「目の覚めるようなイケメンですね」

「ありがとうございます」

照れもせず、臆面もなく、得意になるわけでもない店主は、先代であるドイツ人の祖父にそっくりな、ギリシャ彫刻のように整った顔立ちをしている。三十代前半らしい爽やかさと、すらりと高い身長を持っていた。久美が連れてきた男性は中肉中背で、店主の目線の高さに合わせて少しだけ顔を上げる。

店主は男性と目が合うと、一見、冷たそうにも見えるその顔に、人懐っこい笑みを浮かべた。

「荘介《そうすけ》さん、この方、少し休憩してもらおうと思って来てもらいました」

「そうですか。どうぞ、おかけください」

荘介と呼ばれた店主は店の隅、こぢんまりとしたイートインスペースに男性を案内する。創業当時から使い続けているテーブルと椅子は、年を経てもなお、どっしりとした佇《たたず》まいを見せている。

招かれるまま奥へ向かい、椅子に崩れ落ちるように座った男性は小さく頭を下げた。

「お邪魔してすみません」

「いえいえ。どうぞ、ゆっくりしていってください」

荘介は、ふと思いだしたように、真っ白なコックコートの胸ポケットから名刺入れを取りだした。

「店長の村崎《むらさき》荘介と申します」

「吉田《よしだ》八郎《はちろう》と申します。名刺なんか持つ身柄じゃないもので、いただくだけで失礼いたします」

　立ち上がり名刺を受けとったとたん、先ほどまでのよろよろした感じが消え、できるビジネスマンといった雰囲気に変わった。だが、それは長続きせず、すぐに椅子にへたり込む。

　久美が熱いコーヒーを淹《い》れて運んできた。

「試食のカステラです。よろしかったら召し上がってください」

　小皿にのせたカステラをコーヒーと並べて置くと、八郎の腹からぐうっという豪快な音が聞こえた。

「すみません。まかないがまだなんで、腹減ってて」

「もしかしてお昼、召し上がってないんですか？」

「はあ、まあ」

　久美は八郎の前の席に座ると、テーブルに両手をつき、怖い顔でずいっと身を乗りだした。

「お昼は抜いちゃいけません。ダイエットの鉄則です」

　八郎は楽しそうに微笑《ほほえ》んだ。

「ダイエットはしてないよ。金がなくて食えないだけで」

「え、じゃあ、朝ごはんも？」

「食ってないね」

久美はカステラの皿を一旦下げると、残っている試食分すべてを盛って戻ってきて、八郎の前に差しだした。

「食べてください」

小柄な久美が発する妙な迫力に押されて、八郎は遠慮することも忘れ、カステラを次々と口に放り込む。

「ん、うまい。しっかり嚙《か》み応《ごた》えがある。もちもちしてるけど、口に残る感じなんかは全然ない。飲み込んだら、喉を滑り降りていくみたいだね」

八郎はコーヒーを飲み干して、名残《なごり》惜しそうに小皿を見つめる。その様子は見るものを切なくさせた。食べることがなにより好きな久美は、空腹のままの八郎を放っておくのが不憫《ふびん》でならなかった。

「なにかおごります」

久美を見上げた八郎は「いや、そんな」と言いながら首を横に振ったが、正直な腹はまた、ぐうっという音を立てた。

「好きなお菓子を言ってください。店長が、なんでも作りますので」

「なんでも？」

「はい！　当店にないお菓子はありません！　どんなお菓子でもうけたまわります」

元気よく久美が言いきったように『万国菓子舗　お気に召すまま』では、その名が示すとおり、万国のさまざまなお菓子を作る。アメリカ、アフリカ、ヨーロッパ、アジアにインドにオセアニア。物語にしか出てこないお菓子から、夢で見ただけのお菓子まで美味《おい》しく作り上げてみせる。

今までもさまざまなお菓子を作ってきたが、お菓子を作る情熱にあふれた荘介は、まだまだ作り足りずに、新しい注文が入ることをなによりの楽しみにしている。その注文が難しければ難しいほど、嬉しそうに笑う。今も八郎がどんなお菓子の名前を口にするかと、子どものような輝く瞳で待っているのだ。

その期待に背中を押されたのか、八郎は遠慮を忘れてショーケースに目をやった。そこには、きらめくような色とりどりのお菓子が並んでいる。定番のケーキやパイ、馴染みのある和菓子もあるが、名前だけでは味がまったく想像できない見たこともないものもある。

壁に作り付けの棚にも、ポピュラーな洋風の焼き菓子や飾り気のない煎餅《せんべい》に交じって、耳慣れないカタカナの名前がついたものや、読み方がわからない漢字で書かれた中華菓子などもある。あまりの種類の多さに、八郎は途方に暮れた。

「お菓子、あんまり食べないから、よくわからないな」

「えーっ」

久美が両手で顔を挟んで、ムンクの絵の中の人のような顔をする。

「吉田さんは、絶対にお菓子好きだと思ったのに」

「え、なんで」

不思議そうにする八郎の右頬を久美は指さす。

「右頬にえくぼがある人は、お菓子が好きなんです。顔相《がんそう》でわかるんです」

「顔相？　手相の顔版かな？」

「そうです。だからなにかあるはずです、食べたいお菓子が」

どうしてもお菓子を食べさせようと、適当なでたらめを言っている久美に決めつけられて、八郎は素直に考えはじめた。

「そう言われても、最後にお菓子を食べたのはいつだったかなあ。そうだ、会社を閉めるときに、不動産屋でまんじゅうを食べさせてもらったっけ。あのときはこんなに腹を減らす毎日じゃなかったな」

ぼんやりと宙を見つめて過去を思いだしているらしい八郎に、久美は明るく話しかけ続ける。

「会社を経営してたんですか？　すごいですね」

「すごくなんかないよ。たった五年で倒産させちゃった。社員に退職金も渡せずに。不甲斐《ふがい》ない男ですよ、俺は」

自虐的な言葉を呟く八郎に、荘介が尋ねる。

「今はなにをなさってるんですか」

「派遣でいろいろやってます。夜は居酒屋でバイト。借金が山ほどあるから、一日中、働き詰めですよ」

話しながらも、八郎は眠そうに目をしばたたいている。すると突然、その目がぱっと開かれた。視線がショーケースに向かう。

「そうだ、ナポレオンパイ」

「食べたいお菓子ですか？」

久美が嬉しそうに聞くと八郎は頷《うなず》いた。

「ナポレオンが好きなんだ。それで初めてお菓子の名前を聞いたときに、どんなものか気になった。ずいぶん昔のことだけどね」

「荘介さん、ナポレオンパイを注文します。よろしくお願いします」

久美が元気に言うと、荘介は爽やかな声で「うけたまわりました」と言い、にっこり笑って厨房に入っていった。

「本当に甘えちゃっていいの？」

八郎がぼんやりと聞く。

「もちろんです！　少し時間がかかると思いますので、ゆっくりなさっていてくださいね」

そう言ってショーケースの裏に回りコーヒーのお代わりを淹れていたところ、軽いいびきが聞こえてきた。振り返ってみると、八郎が壁にもたれて寝入っている。久美は起こさないように、そっと厨房に移動した。

「吉田さん、寝ちゃいました」

「ずいぶん疲れているみたいだね」

荘介は追加の焼き菓子のために仕込んでいたパイ生地を、大きめの長方形に切りわけながら答える。

「昼も夜も働き詰めで、ごはんもろくに食べていなかったら体がもたないですよ。余計なお世話だろうけど、心配です」

「おせっかいは久美さんのいいところですよ」

「そう言ってもらえると、少し安心できます」

荘介は手早くナポレオンパイの材料を調理台に並べていく。先代のときから変わらず使い続けている大理石の天板を持つ調理台は、活躍できるのを嬉しがっているかのように、つややかに光っている。

パイ生地の他に、カスタードクリーム用の小麦粉、卵、牛乳、砂糖、バニラビーンズ。ナパージュ用のレモン、ペクチン。香り付けのラム酒。それと飾り用のイチゴと生クリームを準備する。

パイ生地を安定させるため室温は低い。古い作りの厨房は、水色のタイル張りのせいか冷気が身に染《し》み込むように感じる。

久美は両手で体を抱いて温めながら、荘介の仕事を見学した。

オーブンを予熱している間に、生地が焼き縮みしないよう、天板に霧吹きで水をかけておく。

パイ生地を麺棒《めんぼう》で伸ばし、天板にのせる。ピケローラーという、針がたくさんついたローラーでパイ生地に空気穴を開ける。

高めの温度でパイを焼いている間にカスタードクリームを作る。

鍋に牛乳を入れ、バニラビーンズを莢《さや》ごと加える。火にかけてバニラの香りを牛乳に移す。

　ボウルに卵黄を割り入れ、砂糖を混ぜて白っぽくなるまで練る。

　小麦粉を加えて馴染《なじ》ませるように、さらに混ぜ合わせる。

「荘介さん、いつもは薄力粉を使ってるのに、今日は強力粉なんですね」

「うん。強力粉だと粘りが強くてこってりした口あたりになるんだ」

「ナポレオンらしく力強いんですね」

「そうだね」

　話している間に温めておいた牛乳からバニラビーンズの莢を取りのぞき、少しずつボウルに注いで、溶きのばす。

　ボウルの中身を鍋に戻し、火にかける。

　泡立て器でまんべんなくかき混ぜながら煮詰めていく。

　サラッとしたクリーム状になり、つやが出てきたら火から下ろす。

　すぐにクリームをバットに広げ、乾燥しないようにラップをぴったりとかける。

　そのままバットの底を氷水につけて冷やす。

　オーブンから一度パイ生地を取りだし裏返して、粉砂糖を振りかける。それをまた天板にのせて焼く。

表面の粉砂糖が溶けて、茶色くカラメル状になるまで火を入れたら、網にとって冷ます。

冷ましている間に、イチゴの表面に塗るためのナパージュを作る。

小鍋にペクチンと水、レモン汁を入れて火にかけ、まんべんなく溶かす。氷水につけて固まりすぎないように混ぜつつ冷ます。

出来上がったナパージュを、イチゴの表面に刷毛《はけ》で塗り、つやを出す。

冷めたパイ生地を細い長方形に切りわける。

カスタードクリームにラム酒を垂らし、練り込む。

切りわけたときに出たパイの端生地を刻んでおく。

パイ生地にカスタードクリームを盛り、その上にパイ生地をのせる。これをもう一度くり返す。三枚のパイ生地と、二層のカスタードクリームがふっくらと重なる。

その側面にパイの破片をまぶす。

上面にイチゴを縦二列に並べ、イチゴの外側に生クリームを絞る。

「出来上がりです」

細長いパイから一人分を切りわけて皿に盛りつけている荘介に、久美が尋ねた。

「このパイはミルフィーユにイチゴがのっただけですよね。イチゴのミルフィーユっていう名前じゃだめだったんでしょうか」

「フランスでは、このパイはミルフイユ・オ・フレーズ、イチゴのミルフイユと呼ばれています」

「ナポレオンパイっていうのは日本だけなんですか？」

「ドイツではトルテ・ナポレオンという呼び名のお菓子があるよ。ただ、こちらはロシアの名物パイからの流れでイチゴはのっていないんだけど。あとはオーストリアとかハンガリーとか、ヨーロッパの国ではナポレオンの名で呼ぶところが多いです」

皿に立てて置かれたパイを運ぶ荘介について店舗に戻った久美は、改めてコーヒーを淹れる。荘介がテーブルに皿を置くと、その気配で目を覚ました八郎が大きなあくびをした。

「ああ、よく寝た。すみません、お邪魔しておいて居眠りまで」

「お気になさらず。寝心地がいいと思っていただけるほど落ちつける店だとわかって嬉しいですよ」

八郎は目の前のナポレオンパイに目をやった。

「これがナポレオンパイ。どのへんがナポレオンなんですか」

「ナポレオンがかぶっていた二角帽子に似ているところから名付けられたという説があ

ります」

「へえ」

久美がコーヒーと、ナイフ、フォークを運んできて、テーブルに据える。八郎は久美を見上げて「ありがとうございます」と生真面目《きまじめ》に頭を下げた。

「どうぞ、召し上がってください。当店のお菓子は世界一、美味しいですよ」

胸を張る久美に後押しされるように、八郎はナイフとフォークを手に取った。そのままナポレオンパイにナイフを入れようとしていると、荘介が声をかけた。

「そのまま切るより、横に倒してからの方がきれいに切れますよ」

八郎は黙ったまま動きを止めた。切り方がわからないのだろうかと、久美が気を使って話しかける。

「横に倒して切るといいっていうのは、ミルフィーユと一緒ですよね」

「ミルフイユ、だよ」

久美の言葉に、八郎がかなりきれいな発音で訂正を入れる。

「ミルフイユは千枚の葉という意味でパイの層を表現するらしいけど、ミルフィーユと発音すると千人のお嬢さんという意味になる」

久美は目を丸くした。

「吉田さん、フランス語ができるんですか。すごいですね」

八郎は自嘲《じちょう》気味に笑う。

「全然わからないよ。バイト先にフランス料理のシェフ目指してるやつがいて、少し教えてもらっているだけ。料理用語ばっかりで役には立たないけどね」

「今ここで役に立ちましたよ、私の間違いを正してもらいました」

八郎は軽く俯き頭《かぶり》を振って、久美の気遣いを振るい落とすような素振りを見せた。そのまま横には倒さずに、ナポレオンパイにナイフを入れる。立てたままのパイはくしゃくしゃと崩れ、クリームとパイが、ぐちゃっと混ざり合った。

「本当だ、きれいに切れない」

そう言いながらも、器用にフォークで掬《すく》って口に入れる。

「うん、うまい。とろけるクリームがこってりしてるのが嬉しいです。腹にたまる感じがする」

そのまま次の一口を切ろうとする八郎に久美が尋ねる。

「あの、せっかくだから横に倒して切ってみませんか？」

八郎は、なぜか泣きそうな表情になった。じっとナポレオンパイを見下ろす。

「お菓子でさえ、倒さなきゃいけないのは嫌なんだ。俺はもう、なにもかも倒しつくしたから……」

言葉の続きを待って黙っている久美と荘介の目を見ないように、八郎は俯いた。

しばらく崩れたパイとクリームをフォークで混ぜ合わせては口に入れ、混ぜ合わせては口に入れという動作を繰り返していたが、静寂が気づまりになったらしく、八郎は語りだした。

「ナポレオンのような男になりたいと思ってたんだよ。大学を中退して起業して。でもすぐに会社を潰してしまって。俺は皇帝なんかになれるタマじゃなかったんだ。おかげで全部、横倒しさ。会社は倒産、実家は勘当、友達は借金に追われてから連絡も取れなくなった」

八郎は動かしていたフォークを止めた。

「だから、ずっと気になってたお菓子くらいは横倒しにしたくないんだ。立てて切ったらぐちゃぐちゃになったけど、俺のぐちゃぐちゃな失敗人生にはこの方が似合うと思うんだ」

ナイフも置いてしまい、フォークを直接ナポレオンパイに突き刺そうとしている八郎に、久美が尋ねる。

「失敗したとしても、なにか得るものがあったんじゃないですか」

八郎はナポレオンパイを崩すことを思いとどまったようで、イチゴを一つ、フォークで突き刺して口に入れた。ゆっくり丁寧《ていねい》に咀嚼《そしゃく》してから飲み込む。

「得たものなんて借金だけだ。もう立て直すことさえできない。俺の人生は終わったんだ」

久美は首をひねる。

「じゃあ、今がんばってるのは、なんでなんですか？」

「がんばってなんかいないよ」

「お仕事を掛け持ちして、借金を返すために食べることも惜しんで」

ため息をついて、八郎は真っ直ぐに久美を見上げた。

「借りたものは返すさ。それは人間の最低限の決まり事だろ」

「バイト仲間にフランス語を教えてもらってるって言ったじゃないですか。がんばらないなら、そんなことしませんよね」

八郎は、さっと目をそらす。荘介は八郎の向かいの席に腰かけながら言う。

「がんばってナポレオンになりたいと思っていたなら、百日天下を目指してはいかがですか」

久美が首をひねる。

「百日天下ってなんですか？」

荘介は久美だけでなく八郎にも聞かせたいのか、二人の中間あたりに視線を置いた。

「一時、フランスを追われたナポレオンが、再び戻ってきて立て直した帝位が百日ほど続いたことを言った言葉だよ」

八郎は自嘲の笑みを浮かべた。

「復活しても百日しかもたないんだ。そんなの、なんの役に立ちますか。無駄に世間を掻き回すだけだ」

久美が不思議そうに尋ねる。

「それでも吉田さんは、ナポレオンに憧れていたんですよね。最後には負けるって知っていたのに。なんでですか？」

「はっきり言うなあ」

八郎はまた、大きなため息をついた。

「帝位を追われても諦めなかった意地が、かっこいいと思ったんだ。だけど、実際に地位を失ってみると、諦めないということがどれだけ惨めか、よくわかった。意地汚い足掻きだよ」

八郎は苦しげに顔を歪《ゆが》ませると、立てたままのナポレオンパイにフォークを突き立てようとした。それを見た久美は、わざとよろめいてテーブルに手をつき、ガタンガタンと揺らす。

「あーっ、と！　ごめんなさい！　ちょっと立ちくらみが」

バランスが取れているとは言いがたい形状のナポレオンパイは、ぽとんと横倒しになった。八郎が唖然として、倒れたナポレオンパイを見つめる。あまりのことに荘介は我慢しきれず、盛大に噴きだした。久美はテーブルを揺らしながら言葉を続ける。

「ああ！　大事なナポレオンパイが横倒しに！　すぐに新しいものをお持ちしますね、きちんと立ったものを！　それまでぜひ、そちらの横倒しになったものも召し上がってみてください！」

久美は、笑い続ける荘介の腕を取り、厨房に引きずり込んだ。

「荘介さん！　いい加減、笑うのはやめてください！」

「いや、無理……、腹筋が痛い……」

「さっさとナポレオンパイを切ってください！　縦と横を食べ比べてもらったら、どちらが美味しいかわかってもらえます！」

荘介はゴホゴホと咳き込みつつ手のひらを突きだしてみせて、久美の勢いを止めようとした。

「いや、食べ方はお客様それぞれの好みでいいんだ。横倒しにした方がきれいに食べられるというのは、職人のわがままであって……」

「でも」

久美は両手をぎゅっと握って強い視線で訴える。

「横倒しのナポレオンパイを嫌う吉田さんは、今の自分を嫌っているように見えるんです。なにもかも倒してしまった今の自分の状況を怖がっているっていうか、言っていることとは違って諦めきれていないっていうか……。とにかく、立てて食べることにこだわりすぎても、いいことはなにもないと思うんです」

必死な様子の久美の言葉に荘介は真顔に戻った。ナポレオンパイを愛し子を見るような真剣な目で見つめる。

「二つ目のナポレオンパイがあっても、横に倒れたパイを食べない自由というものはあるんですよ」

「もちろんです。それなら、それでいいんです。でも、二つ目があるっていう事実を目の前にはっきり見ることで、起きてしまったこと、横に倒したパイの意味も変わると思うんです」

荘介は微笑んで頷くと、ナポレオンパイを切りわけて新しい皿にのせた。

二人がイートインスペースに戻ろうと足を踏みだしたところに、携帯電話の着信音が鳴った。八郎の電話だ。気を使って厨房に戻る。

「徳島《とくしま》？」

電話に出た八郎の声は大きくて、壁一枚挟んだ厨房まで丸聞こえだった。

「社長、ご無沙汰《ぶさた》してます！」

電話の向こうの徳島と呼ばれた男性は八郎以上に声が大きいようで、スピーカー越しなのに、はっきりと会話が聞こえてしまう。

「どうしたんだ、なにかあったのか？」

不安げな八郎の声を、徳島は笑い飛ばす。

「なにもないっすよ！　社長が今の会社を紹介してくれたおかげで、飯もちゃんと食えてます」

「そうか、それは良かった」

「俺、今月、営業成績トップになったんす。トップ賞なんて言って、金一封までもらいました。なんもかも、吉田社長のおかげですよ」

「ばかなこと言うなよ。それは全部お前の努力のたまものだろう」

「努力したっす。吉田社長に教わったとおりに努力したっす。営業のしかたも、アフターフォローの大切さも、全部、社長から教わったことだけしかしてません。なにも変えてません」

声がピタリと止まった。しばらく痛いほどの沈黙が続いた。

「社長、社長もここで一緒に働いてくださいよ。桑崎《くわさき》さんもぜひ来てくれって言ってますよ。俺なんかを紹介してないで社長が来てくれてたら、どれだけ売り上げ伸びてたかわからないいすよ」

八郎の返事はない。

「桑崎さんが、管理職待遇でもいいから、ぜひって言ってるっす。来てくださいよ、お願いします！」

きっと電話の向こうで頭を下げているだろうと思える切実な声だった。だが、八郎は、うんとは言わない。

「借金を背負っている俺なんか、迷惑かけるに決まってる」

「そんなん、社長なら二年もあれば巻き返せるに違いな……」

「徳島、俺は自信過剰で突進し続けた。猪突猛進《ちょとつもうしん》、そのせいで詐欺まがいの取引きに引っかかって会社を潰したんだ。未来のことなんか誰にもわからない。なら、もう誰も巻きこまない。そう決めたんだよ」

　また、沈黙が続く。痛いほどの静寂が広がる。電話の向こうで徳島がなにも言えない間に、八郎は笑いを含んだ声で別れを告げた。

「じゃあな、徳島。今月トップなんて言わずに、年間トップを取って、役職付きになれよ」

「社長！」

「いいかげんにしろよ、徳島。俺はもう社長なんかじゃない」

「社長っす。俺にとっては一生ずっと、社長っす。お願いします、俺をまた雇ってください」

「え？」

「新しい会社を興《おこ》したら、絶対に俺を雇ってください！」

　八郎はまた沈黙した。長い沈黙だった。だがそれは、もう張りつめた空気ではなくなっていた。徳島の祈るような思いが、静けさの中に感じられる。それは八郎の心を揺さぶるような強い気持ちだったのだろう。

　次に聞こえた八郎の声は、とても優しいものだった。

「俺はもう、起業はしないよ。けど、そうだな」

　そこでまた八郎は言葉を切った。迷っているのではなく、遠くを見つめて言葉が出ない、そんな雰囲気を感じる。

「自分の名前が付けられた、そんなお菓子が作られるような男に、俺はなるよ」

電話の向こうから、鼻をすすりあげるような音が聞こえた。

「社長、それ……」

「社長はやめろよ」

「吉田さん。そのお菓子、俺、絶対買います」

「おう。箱買いしてくれ」

「店ごと買いますよ！」

八郎は楽しげに笑った。

「次の電話は役員になったって報告にしろよ」

「もちろんす！　二十代で役員になってみせますよ！」

「期待して待ってるよ。じゃあな」

しん、と静寂が戻ってきた。八郎はどんな表情をしているだろう。もしかして泣きそうになっているのではないだろうか。久美はためらって動けずにいたが、荘介は、すっと店舗に出ていった。慌てて久美もあとに続く。

「お待たせしました。ナポレオンパイです」

きれいに立ったナポレオンパイを、八郎は赤い目で見つめた。握ったままだった携帯電話をポケットにしまうと、横倒しになったナポレオンパイと立ったままのものを見比べる。

「どっちもナポレオンパイですね」

「はい。どちらも同じもの、味は変わらないはずです」

八郎はナイフを取って、しばらく黙って二つのナポレオンパイを見下ろしていた。どちらを選ぶのだろうかと、久美はハラハラして待った。

八郎は、横倒しになったナポレオンパイに切れ目を入れた。パイはほとんど崩れることなく、美しい断面を見せる。何層にも重なったパイ生地は、積み重ねた時間を閉じ込めているようだった。

形を崩さないままフォークで掬って口に入れる。さくっという音が聞こえた。八郎は、大切なものを口に含んだかのように、ゆっくりゆっくりと噛みしめる。こくりと喉が動いて、八郎は口を開いた。

「横倒しだと感じが違う。なんでかな」

八郎は、今度は立てたままのナポレオンパイにナイフを入れる。こちらは、ほろほろとパイが崩れてクリームの中に埋もれた。フォークで掬って口に入れ、顎《あご》を動かして飲み込む。

「立てて切ると、粉々になったパイ生地がすぐにクリームと混ざってしなしなになる。横倒しで切ったときとでは歯触りが違うんだ。こっちの方がパイ生地がパリパリしてるのがよくわかる」

なにやら考え込んでいる八郎に、荘介が話しかけた。

「どちらでも、お好きな方で召し上がってください」

八郎は、自嘲を込めたかのような笑いを浮かべる。

「どっちもうまいですよ。でも、どちらかと言われたら、横に倒した方がうまい」

八郎はもうそれ以上、なにも言わずに黙々と、縦横二つのナポレオンパイを食べ終えた。

静かにナイフとフォークを置くと、黙ったまま立ち上がり、久美を真っ直ぐに見た。

「いつか借金を清算し終わったら、代金を払いに来ます」

「いえ、これは私が食べてもらいたかったものなので。また来てもらえるなら、そのときに食べたいお菓子を注文してください。どんなお菓子でも、うけたまわります。きっとまたいらしてください、お待ちしています」

くすぐったそうに笑った八郎は、なにも言わずに店を出た。外はすっかり夕暮れて、雲が去った空は赤く染まっている。

八郎は振り返り、見送りに出た久美にあらためて頭を下げた。

「本当にありがとう。うまかったです、横に倒したナポレオンパイ」

「顔を上げてください、美味しく食べていただけたら、それだけで……」

ふいっと頭を上げた八郎は、泣きそうな顔をしていた。

「どれほど美味くても、やっぱり倒れるより、立ったままの方がいい。その方がいいと俺は思うんだ」

そう言って背中を向けた八郎はとても悲しそうで、でもどこか誇らしげで。久美は八郎の生きざまを、変わらない自分を持っていることを、うらやましく思った。


カランカランとドアベルを鳴らして気合が入らない様子で久美が店内に戻ると、荘介は既《すで》にテーブルのかたづけを終えていて、姿が見えなかった。厨房を覗くと、二人分のナポレオンパイの皿と、二杯のコーヒーを用意した荘介が久美を待っていた。

「久美さん、お茶にしましょうか」

久美は頷くと、隅に置いてある折り畳み式の椅子を出して座り、ナイフとフォークを握った。立てたままのナポレオンパイにナイフを入れると、もろもろと崩れていく。

フォークで掬って口に入れる。クリームのなめらかさの中にパイの破片がしっとりと馴染んでいる。一つにまとまって仲間になろうとするかのように、それぞれの味は調和して舌に優しい。

ナポレオンパイを横倒しにしてナイフを入れると、パイの層を崩さずにきれいに切りわけられた。こちらもフォークで掬って口に入れる。サクッとしたパイの歯ごたえ、甘く香るカスタードクリーム、パイの表面のキャラメリゼの香ばしさ。一つ一つがはっきりと自己主張をしている。

ナポレオンパイは、横に倒したものの方が格段に味わいやすかった。だが、と久美は思う。

「吉田さんはきっと、みんなで一つになって、真っ直ぐに将来を見据えるような会社を経営していたんでしょうね」

それはとても人間的な姿だと久美は思う。失《な》くしてしまっても忘れられないと言う人がいるほど、大切な場所だったのだろう。なにをおいても守りたいと思うほどに。失くしてしまったら道を見失ってしまうほどに。八郎はこれから、自分の道を再度見つけ直すことができるだろうか。

フォークを持つ手が止まってしまった久美に、荘介が微笑みかける。

「きっと、大丈夫ですよ」

「え？」

「少し眠って、美味しいものを食べて、少し泣いて。そうしたら、明日はきっと、また来ます」

久美は窓を見上げる。夕日を受けて輝くガラスは今日の後悔を残さないようにと、優しく痛みを燃やしてくれているようだ。そして明日の朝には新しい光を浴びて、また別の顔を見せてくれるだろう。

八郎もそんな輝きを見つけてくれますようにと、久美は祈った。

まだ名前のないお菓子

突然の大声に久美はびくっと身をすくめた。イートインスペースで和やかに話していた若い男女の客、その席の空気はがらりと変わり、険悪な雰囲気に包まれている。久美はできるだけ二人を刺激しないようにと、のんびりと立っている荘介の背中に隠れるようにカウンターの奥へと移動した。

「最悪って言ったら、最悪だよ。キラキラネームなんて反対だからな」

「全然キラキラじゃないし！　風花《ふうか》って上品で控えめな名前だもん。私は一生懸命考えたんだよ。それを、聞いた途端に一秒も考えないで最悪って言い放つなんて！」

女性は臨月と思われる大きさのお腹をかばうように両手で支えている。スーツ姿の男性は仕事帰りにそのまま来たようだ。

夕方の遅めの時間にわざわざ予約をして、甘いものを制限している奥さんのためにと、低糖質のお菓子を注文してくれたのだ。

予約のときから感じていたとおり、奥さん思いの男性のようなのだが、喧嘩《けんか》の原因は

「最悪って、なによ！」

なんだろう。久美は聞いていないふりをしながら、夫婦の会話に耳を傾けた。

「風と花って、どこからどう聞いたってキラキラしてるじゃないか」

「そんなわけないじゃん！　どっちも立派な漢字だもん！　伝統だもん！」

「伝統って……。だいたい、どこからそんな名前を思いついたわけ」

「『花鳥風月《かちょうふうげつ》』だよ」

ぶすっとした妻を、言葉に詰まった夫がまじまじと見つめた。

「あの曲？」

「それ以外になにがあるっていうの」

「知らないけど、いろいろあるんじゃない？」

女性はむっとしたらしく、眉をひそめた。

「知らないなら言わないでよ」

「ちょっと聞いただけだろ。なんで今頃その曲なの？　結婚式なんて二年も前のことじゃないか」

「まだ二年しか経ってないのに、昔のことみたいに言うなんて。二人で決めた入場曲じゃん、忘れたの？」

「忘れるわけないよ」

「じゃあ、なんで『あの曲？』なんて言ったの」

「なんで、『花鳥風月』からキラキラネームを切りだしちゃったのかなって思っただけ」

「だから、キラキラじゃないってば！」

二人の前に置いてある紅茶のカップは、もうすっかり空だ。お代わりを持っていきたいのだが、迫力がありすぎる夫婦喧嘩に、久美は尻込みして動けない。興味深く夫婦喧嘩を見ていた荘介が果敢にも、久美が準備したティーポットを持ってテーブルに近づいていく。

「お茶のお代わりをどうぞ」

荘介が紅茶を注ぐ間、二人は気まずそうに黙り込んだ。

「当店は和菓子も作っておりますが」

唐突に話題を振る荘介を、夫婦は二人揃って不思議そうに見上げる。

「風花という名前のお菓子を、少しお待ちいただければお出しできます」

「お願いします！」

パッと笑顔になった妻に、夫は渋い顔をしてみせる。

「まだ食べるのか？」

妻はムッと眉を寄せる。

ますよね」

「いいでしょ、低糖質なんだから。ねえ、店長さん。もちろん、砂糖なしで作ってくれ

「はい。お任せください」

荘介のイケメンパワー満載のにこやかな笑顔に押されて、夫は口をつぐんだ。

「では、少々お待ちください」

荘介が厨房に引っ込んだのを見て、夫が再び口を開いた。

「お菓子の名前になるのって、名前が派手だからだろ。やっぱりキラキラなんだよ。和菓子って派手な色を使うじゃないか」

「全然派手じゃないよ！　ほら……」

妻が指さしたショーケースの中に並んだ和菓子は、荘介の今日の気分に合わせた色彩豊かなキラキラしたものばかりだ。久美は申し訳なさに身を縮めた。夫はため息交じりに言う。

「どこが全然派手じゃないだよ。キラキラしてるじゃないか」

「そんなことないよ。色が派手なだけだし」

「だから、そこがキラキラなんじゃないか」

「キラキラキラキラ、キラキラキラキラって、それぱっかじゃない。論理的に説明して

よ、どこに不満があるのよ」

「だから、キラキラしてるってことだって論理的……」

「全然、論理的じゃない！　感情だけの問題じゃん！」

一層ヒートアップしてきた夫婦喧嘩から、久美はそっと逃げだした。厨房に体半分入り、もう半分だけで店舗の様子をうかがう。

「久美さん、お二人の様子はどう？」

「こじれてます」

ふいと荘介の手許を見ると、火にかけた小鍋で白いものを練っていた。調理台にのっている材料は白玉粉、擂《す》りおろした長いも、卵、白餡《しろあん》、梅味の寒天だ。卵はボウルに卵白だけを泡立てて置いてある。

久美が鍋を覗き込むと、荘介が軽く言う。

「もうすぐできるよ」

「ずいぶん、早いんですね」

「早くお出ししなければ、怒りが母体に影響するかもしれないからね」

案外と事態を重く見ているようで、荘介の手はいつもよりずっと早く動いている。材料からは薯蕷《じょうよ》まんじゅうを作っているのかと思えたが、それにしては卵白が余計だし、白玉粉ではなく上新粉を使うものだ。それよりなにより不思議なのは、久美は「風花」という名前の和菓子を一度も見たことがない。

「荘介さん、風花っていうお菓子は、美奈子《みなこ》さんが作っていたものですか？」

美奈子は荘介の和菓子の師匠で、ドイツ菓子専門だった『お気に召すまま』を『万国菓子舗』に生まれ変わらせる折の、立役者となった人物だ。

「いや、僕のオリジナル」

「今まで見たことがないんですけど」

「今日がデビューの新入りだよ」

白玉粉と長いもを練っていた小鍋を、一旦、火から下ろす。泡立てた卵白に白餡を加え、練りながら小鍋に注ぎ戻した。小鍋をまた火にかけ、全体を混ぜるようにさらに練っていく。

「雪平《せっぺい》ですか？」

「さすが久美さん、あたりだ。雪平はめったに作らないのに、よくわかるね」

久美は雪平の味を思いだしているようで、うっとりと目を細める。

「大好きですから。もっちりしていて、ほんのり甘くて、噛むとすぐにとろける、あの食感……。夏の若鮎にしか入れないのはもったいないと思ってたんです」

『お気に召すまま』の若鮎は、どら焼きを薄くしたような生地に雪平を挟み、鮎の形にして、目やひれの焼き印を押す。初夏の定番のお菓子だ。

「でも、雪平なら長いもは使いませんよね。薯蕷まんじゅうとかも一緒に作ってるんですか？」

「惜しい。二つ作るんじゃなくて、二つを合わせるんだ」

お菓子作りを急いで熱中しているせいか丁寧語がどこかへ行ってしまっている。いつもと同じような会話なのだが、少しばかりの新鮮さがある。

「薯蕷まんじゅうにしても雪平にしても、砂糖を使わないと水分量が足りない。そこを風花では砂糖を使わなくてもいいよう、補い合うように足し算したんだ」

長いも、卵白と合わせた白餡、白玉粉が練られている鍋を火から下ろし、打ち粉をした調理台の天板に広げる。小さく切りわけて丸く形を整え、荘介特製の梅味の寒天を包み込んだ。

一口大より少し大きめな、まん丸い形。その、さらりとやわらかな白い肌の隅に、松の焼き印を押したら出来上がりだ。

器にのせた風花を荘介が運ぶ。久美は妊婦である妻のためにカフェインが少ない玄米茶を淹れてあとに続いた。

「お待たせしました。風花です」

テーブル越しににらみあっていた夫婦の視線がお菓子に移る。清楚な白いもち生地に焦げ茶色で松が描かれた様は水墨画のような趣もあり、しっとりと上品だ。

妻は勝ち誇った笑みを浮かべて夫を見やる。

「どう、りおちゃん。これでも風花がキラキラだって言うの？」

「わからないだろ、食べてみなきゃ。味がキラキラしてるかもしれないじゃないか」

妻が呆れたと表情ではっきり示す。

「は？　味がキラキラ？　なにをわけのわからないこと言ってんの」

夫は答えずに風花を半分口に入れた。一瞬、表情がパッと明るくなったが、すぐにわざと作ったような顰《しか》め面に戻った。妻はそんな夫をじっとりとした目で見ながら、風花の松の部分を齧《かじ》りとる。

「んん！　しっとり、やわらかーい。それに甘くて美味しい。中に入っているのはなんですか？」

「梅味の寒天を包んでいます。砂糖は一切、使っておりません。甘味はりんごの果汁でつけています」

妻がもりもりと風花を食べながら言う。

「松と梅、お正月みたい」

「どちらも早春を彩る縁起が良いものです。風花と同じ漢字でかざばなと読むと晴れた日に降る雪のことですが、緑が濃い松林や、紅白の梅の花の上に、ちらちらと降るかざばなは美しいと思いまして」

俯きがちに、ちびちびと風花を齧っている夫に、妻は再び勝利を確信した笑みを浮かべてみせた。

「りおちゃん、感想は？」

夫は視線を泳がせながら答える。

「……美味しいよ」

「キラキラした味だった？」

「いや、しっとりして、ほんのりした甘さで派手じゃない。落ち着きがあって、いかにも和って感じのお菓子だった」

妻の笑顔が優しくなる。

「でしょう？　風花って、そういうイメージなんだよ。全然キラキラじゃないって。ね、りおちゃん」

妻は明るい笑顔で手を伸ばし、夫の手を握ろうとしたが、夫は膝《ひざ》に手を下ろしてしまった。妻は心配げに眉根を寄せる。

「りおちゃん、どうしたの?」

「嫌なんだ。風花がいい名前だってことはわかったよ。でも、どうしても納得できない。子どもに個性的な、かわいらしい名前をつけることは、俺には無理なのかもしれない」

「それって……、りおちゃんの名前のせい?」

夫は俯きがちに頷く。

「変わった名前だと、間違いなく苦労するんだ。身に染みて知ってる。自分の子には、そんな思いをさせたくない」

妻は黙り込み、しょんぼりしてしまった夫を心配そうに見つめている。

「誰にでもわかりやすくて、誰もがあたり前だと思ってくれる名前じゃないと、嫌なんだ。目立たずに、生きていきやすい名前がいい」

「りおちゃん……」

久美は、そっと予約票をポケットから取りだしてみたが、書いてあるのは夫婦の苗字、松尾《まつお》だけだ。りおと呼ばれているが、それならばそれほど珍しくはない、愛称だろうか。

なんとかして夫の名前を知りたいと思っていると、荘介が口を開いた。

「ご主人のお名前は、なんとおっしゃるんですか」

あまりにもストレートな聞きっぷりに、久美は呆れて、ぽかんと口を開けた。夫は悲しげにしていたが、小さな声で答えてくれた。

「梨の王と書いて、そのまま、なしおうと読みます」

久美は予約票の名前と、今聞いた名前を頭の中で組み立てた。松尾梨王《なしおう》。変わっているが、語呂は悪くない。だが、梨王は今にも泣きそうな表情だ。

「滑稽《こっけい》でしょう、こんな名前」

「少し、変わっていますね」

荘介が生真面目に言うと、梨王は上目遣いで軽くにらむかのように荘介を見た。だが、視線は弱々しく、やはり泣きそうだ。

「少しどころじゃないですよ、気休めはいりません。思う存分、笑ってください」

妻が小さな声で口を挟む。

「りおちゃん、そんな言い方ってないよ」

梨王は正面から妻の目を見据える。

「朋美《ともみ》も知ってるだろ。誰だって、俺の名前を聞いて平気でいた人はいないんだ。だって、平常でいられるわけないよ、異常な名前なんだから」

朋美と呼ばれた妻は、否定することができないのか、黙ってしまった。

「僕は異常だとは思いません」

荘介が夫婦の会話に入っていくのを久美はハラハラして見ていたが、口を出すわけにもいかず、黙っているしかない。梨王は荘介から目をそらした。

「気休めはいらないって言ってるじゃないですか」

「梨も王も、とてもいい言葉です。梨は中国《ちゅうごく》では大切にされる木です。楊貴妃《ようきひ》はその美しさを……」

「梨の花に例えられた。でも俺はおっさんです。かわいい花に例えてどうするんですか？　全然嬉しくないですよ」

荘介は淡々と言葉を継ぐ。

「日本の梨の歴史は古くて、弥生時代の……」

「遺跡からタネが発掘されてるんですよね。ついでに言うと、古文書にも名前が出てくる。梨の栽培を奨励したとか、献上品になっていたとか。だから、なんだっていうんですか」

「それほど大切にされた果物です。とても価値あることだと思います」

梨王は長いため息をついて腕組みをした。眉間にしわが寄り、いかにも頑固らしい様子を見せる。

「じゃあ、果物の梨とないことの『無し』の発音が同じで縁起が悪いから『有りの実』と呼ばれていたことは、どう思うんですか。梨を使った名前のおかげで、俺の人生は台無しですよ」

　荘介は負けずに、にこやかに言葉を返す。

「縁起のことでしたら、ドイツでは梨は女の子のお産に深く関わっていて……」

「神聖な木と言われていて、女の子が生まれると植えたんですよね。でも、キリスト教が広まったときに禁止された風習じゃないですか」

　荘介は優しく微笑む。

「それでも、今でも残っている風習なんですよ。僕の祖父はドイツ人でしたが、梨の木を大変、大切に育てていました」

　梨王の表情が少しだけやわらいだ。

「梨の木を植えると第二子が女の子になるっていう伝承もあるんですよね。女の子は無事に生まれたんですか？」

「いえ、生まれたのは父一人だけで、第二子はいません」

　梨王はまた、深く長いため息をつく。眉間をぐりぐりとマッサージして、しわを伸ばしながら、皮肉な調子で言った。

「なんの役にもたたない情報をありがとうございます」

久美は、荘介に負けない梨王の梨雑学の豊富さに舌を巻いていた。珍しく、荘介が気まずそうに黙ってしまった隙《すき》をついて、久美は梨王に話しかける。

「松尾さんは博識なんですね」

「親から梨の良さを何度も何度も聞かされて育ったから覚えてしまっただけ、それだけですよ。梨のことなんて興味もないのに」

はき捨てるように言った梨王に、久美は慰めるような声音《こわね》で言う。

「でも、どんなことだって、知らないよりは知っていた方が人生が豊かになるんじゃないでしょうか」

「俺は、変な名前のせいでこうむる苦労だらけの人生なんか、全然知りたくなかったですよ」

これを聞いては、久美も黙るしかなかった。朋美も、きっと何度もこのような問答を繰り返したのだろう。諦め顔でテーブルを見つめている。

梨王は疲れ切ったという表情で、深いため息をついた。

「子どもの名前、もう一度、考え直そう」

朋美はどうしても頷けないようで視線を泳がせる。梨王はイラついた様子で眉根を寄せた。

「俺だって『花鳥風月』は好きだよ。だから結婚式の入場曲に使ったんじゃないか。でも、それをもじって子どもの名前に使うっていうのは短絡的っていうか、ひねりがないだろう」

「ひねりなんか、なくていいよ」

朋美は泣きそうな顔で梨王を見つめた。

「そのままでいいじゃない。私は名前もひっくるめて、りおちゃんが好きだよ」

梨王の眉間に縦じわが寄る。

「じゃあ、なんで俺のことを梨王じゃなくて、りおって呼ぶんだよ」

「それは最初に会ったときに、友達がみんなそう呼んでたからで……」

「俺の名前を漢字で見たときの朋美の驚いた顔、今でも覚えてるよ」

「そうだよ」

朋美はキッと強い視線で梨王の目を見据えた。

「変わった名前だって思って驚いたよ。なにかの間違いじゃないかって二度見したよ。でも、しかたないじゃん。初めて出会うことに驚くことってあるでしょ」

すっかり交戦体制になった朋美に、梨王は負けじと言葉を返す。

「俺の名前が普通だったら、二度見なんてしなくてよかっただろ。俺は梨なんて大っ嫌いなんだよ。梨の味だって嫌いだ。あのざらざらした舌触り、寒気がする」

また言い合いを始めた二人の間に手を伸ばして、荘介は風花がのっていた皿を引き上げる。梨王と朋美は気まずい様子で黙った。

「梨の食感がお嫌いなら、なめらかな梨を召し上がっていただけますよ」

荘介の言葉に梨王が顔を顰めた。

「お菓子はもういいです」

「いえ、お菓子ではなく、梨のスープです」

意外なメニューに、梨王の表情が驚きに変わる。

「スープですか？　果物の？　そんな変なメニュー……」

「頼みます、それ！　作ってください！」

朋美が梨王の言葉を遮《さえぎ》って注文する。

「まだ食べるのかよ」

もっと文句を言いそうな梨王が醸《かも》しだす雰囲気を、朋美はつとめて和やかにしようとしているようで、やや硬くはあるが、笑みを浮かべた。

「今日は私のためのデートじゃん。私が満足するまで注文するよ。いいでしょ？」

梨王はしぶしぶ頷いた。

荘介が厨房に引っ込むと、二人は名づけのことから話をそらそうとしているようで、弾まないながらも、お喋《しゃべ》りを始めた。

「ねえ、あのステンドグラス、きれいだね」

朋美が指さすと、梨王が窓を見上げた。通りに面した広い窓の上部には無花果《いちじく》模様のステンドグラスが嵌まっている。

「本当だ。日が差してたら、どんな感じなんだろうな」

「今度は昼間に来ようよ」

梨王は曖昧《あいまい》に「ああ」と呟く。

「なんの模様かなあ。なにかフルーツっぽいよね」

「果物のことは、もういいよ」

会話はそこで途絶《とだ》えた。朋美は気まずそうにテーブルに視線を落とし、梨王は腕組みして俯いた。二人とも、なにか思いつめた様子で空気がピンと張りつめている。少しでも音を立てたら、すべてが崩れてしまいそうだ。

久美は、そっとそっと厨房に移動する。

「お二人の様子はどうですか？」

「沈黙が痛いです」

それでも久美は、なにかあっては一大事と、耳だけは店舗の方に向けていた。だが店舗からは、コソとも音は聞こえてこない。その静寂からは、梨王が抱えている問題の大きさがうかがえるようだ。

荘介は淡々と梨のスープの材料を調理台に並べていく。

白きくらげ、クコの実、蜂蜜、そして梨。

梨は季節のタルト用に準備していたものだ。

「梨のスープは中国料理ではわりとポピュラーなメニューです。梨も中国の鴨梨《ヤーリー》を使うんだ。ですが、今日は和梨です。今日、仕入れておいてちょうど良かった。酸味が少なく日本人の口には和梨の方が合うと思います」

喋りながら白きくらげをぬるま湯に浸けて戻しつつ、梨の皮を剥《む》く。

「梨の皮をつけたままの方が香りは立つんだけど、皮つきだと梨独特の舌触りが残りやすいんです。梨のザラザラの原因は石細胞《せきさいぼう》という……」

「荘介さん」

久美が呼びかけても、荘介は手を動かし続け、顔を上げないままで返事をした。

「なんでしょう」

「いつもより早口ですね」

「そうですか？」

「もしかして、梨王さんに蘊蓄《うんちく》を全部もっていかれちゃったこと、相当、悔しいんですか？」

　荘介の動きがピタリと止まった。

「そんなことはありません」

　そっと視線をそらした荘介に、久美は気を使って軽く返事をした。

「そうですか」

　なにごともなかったような顔をして、荘介は話し続ける。

「梨は、日本固有のものを改良した和梨と、中国で生まれた中国梨、それと西洋梨があるよね。どれもそれぞれに特徴がはっきりしていて、和梨の場合……」

「荘介さん」

　久美はわざと蘊蓄を途中で止めた。

「なんですか」

「どんな梨の蘊蓄も、梨王さんの心には響かないんじゃないでしょうか」

　荘介は動かしていたペティナイフを止めて、久美を見つめた。

「蘊蓄ではそうかもしれません。けれど、美味しいものは心を慰めてくれると、僕は信じています」

信念のこもった瞳を、久美は頼もしく見つめ返し、黙って頷いた。


戻した白きくらげの石づきを取る。

鍋に水を張り、一口大にカットした梨と刻んだ白きくらげ、蜂蜜を入れて中火にかける。

「低糖質なのに、蜂蜜を使うんですね」

「梨の香りを活かすためにね。蜂蜜の甘味は砂糖の三倍だから、量が少しで済みます。低糖質で作るとき、大いに助けになってくれるよ。それに、乳児に蜂蜜は厳禁ですが、妊婦さんには滋養になります」

じっくりと煮て梨の香りをたたせ、透きとおるまで火を入れる。

厨房には梨の甘い香りが漂う。

荘介が煮えた梨を一切れ、味見用に鍋から掬う。その小皿を受けとって、久美は梨に鼻を近づけて嗅《か》いだ。

「たしかに梨の香りなんですけど、生の状態で嗅ぐより、やわらかな感じがします」

「味もそうだと思いますよ」

煮えた梨は、とろりと口の中で溶けた。

「ザラザラ感がなくなって、大根の煮ものみたいに、ふにゃっととろけていきます。蜂蜜の甘さが加わっていることを考えても、それ以上に梨が甘いです」

「熱が加わると、甘味を強く感じるんだ。とくにこのスープは、ゆっくり煮だすことで梨のエキスをじっくりと味わえる」

久美は深く頷く。

「梨と言ったら生で食べるか、コンポートにするものと思ってましたけど、温かいスープで食べると世界が広がる感じがします」

スープボウルに盛り付け、クコの実を散らしながら、荘介は微笑んだ。

「どんなものにも、いろんな可能性がある。未来は、一つじゃないんだ」

久美は笑顔で頷くと、梨のスープに合わせるために、一足先にお茶を淹れに店舗に戻った。

「お待たせしました。梨のスープです」

うっすらと琥珀色《こはくいろ》をした澄んだスープの底に、半透明になった梨と、やわらかく揺れる白きくらげ。その上に浮かべた真っ赤なクコの実が、彩りを添える。

梨王がじっとスープボウルの中を見つめて言う。

「本当にスープだ……」

朋美は梨王にかまわず、さっさとスプーンを取った。

「いただきまーす」

元気よく手を合わせてから、梨を掬う。ほかほか湯気が立つ梨を一口に頬張った。

「あつっ、あつっ！」

スプーンから手を離し、口を半開きにして梨の熱にもだえている。

「落ち着いて食べなよ、猫舌なんだから」

梨王は優しく笑う。なんとか梨を飲み込んだ朋美も「えへへ」と笑い返した。梨王は笑顔のまま、スープを掬って香りを嗅ぐ。

「甘くていい香りだね」

朋美は次の梨を掬ってふーふーと息をかけながら「ね」と答えた。梨王はしばらくスプーンにのせた一切れの梨を見つめていた。朋美が二口目を楽しそうに冷ましているのを見てから、梨王は目を固くつぶり、勢いをつけるように大きく口を開けてスプーンを口に入れた。

つぶっていた目が、大きく見開かれた。

「……これ、本当に梨ですか？」

不思議そうに荘介を見上げる。

「ええ、そうです」

「今まで食べた梨の感じと全然違う」

「スープの方もどうぞ」

頷いてスープを掬い、そっと飲む。

「なんだか体に染み込むような、優しい味だ」

「薬膳では梨は喉にいいものです。飲み込むときに優しいのは、そのせいかもしれません」

梨王は頷いて二切れ目の梨を掬ったが、口に入れるのを躊躇っている様子だ。

「りおちゃん」

呼ばれて梨王が顔を上げた。朋美は心配げに梨王を見つめている。

「無理しなくていいからね」

梨王は軽く朋美をにらんでみせた。

「朋美が無理やり頼んだんだろう」

「そうだけど……」

安心させるように笑ってから、梨王は梨の実を口に入れた。

「やっぱり、とろける。間違いじゃなかった」

呟いて、梨王はもう一口、もう一口と、次々に梨の実を食べていく。その様子を見ている朋美の表情が次第に明るくなる。

「りおちゃん、どう？」

期待を込めた朋美の問いに、梨王は呟きを返した。

「梨だね」

やっぱり今までどおり、梨に対する否定的な気持ちは消えなかったのかと朋美の表情が曇った。だが、梨王は言葉を続けた。

「これなら、ありだね」

「本当に？　良かったあ。無理やり食べさせたから、嫌いなままだったらどうしようかと思った。でも、こんなに美味しいスープなんだもん、嫌いだっていう気持ちも吹き飛んだよね」

「あのさ、朋美」

早口で感動を伝えている朋美の言葉を、梨王が遮った。

「俺、ボケたんだから、ツッコんでほしいんだけど……」

「え、ボケた？　いつ？　なんて？」

気まずそうに黙ってしまった梨王の側に立ったままの荘介が、口を挟む。

「なしだけど、ありだね。とおっしゃいました」

朋美が「気づかなかった！」と言うのを聞いて、ますます気まずそうに梨王は黙り込む。ショーケースの裏にいる久美が荘介にジェスチャーで、いらぬことを言うな、戻ってこいとサインを出したが、荘介は見えていないのか見えていないふりをしているのか、その場から動かない。

「お気に召していただけましたでしょうか」

改めて問う荘介に、梨王は頷いてみせた。

「梨を美味しいと思ったのは初めてです。今まで自分の名前のせいで梨を毛嫌いしていたけど、評価を考え直します」

朋美は嬉しそうに笑う。

「りおちゃん、梨がありになったなら、名前のことも……」

「それは変わらない。梨が嫌いだから自分の名前が嫌いなんじゃない。梨を好きになったって、自分の名前を好きにはならないよ」

ぴしりと音がしそうなほど厳しい声で言われて、朋美は唇を噛んで俯いた。だが意を決したように、キリッと顔を上げる。

「前から思ってたんだけどさ。変わった名前だけど、ご両親が一生懸命考えてつけてくれたんだよ。そんなに嫌わなくてもいいじゃん」

梨王は目をつぶってしまう。

「何時間かけて考えたって、だめな考えならまともな答えは出ないよ。最初から全部がだめだったんだよ」

朋美はいぶかしげに尋ねる。

「最初からって？」

「両親が結婚したところから」

ぼそりと言った梨王に朋美は食ってかかる。

「なに言ってるのよ、なんでそんなこと言うの？　ご両親、仲いいし、りおちゃんだって親孝行いっぱいしてるじゃん」

話しづらい内容なのか、梨王はぼそぼそと聞き取りづらい喋り方で反論する。

「生んでくれて育ててもらって感謝してるよ。けど、どれだけ仲良くても、名前の付け方で子どもの将来が変わるんだってことがわからなかったことだけは、本当に許せないんだ」

朋美は上目遣いに梨王をにらむ。

「りおちゃん、意地になってるだけじゃん。今さら自分の名前に納得できたって思いたくないだけじゃん」

「そんなことない」

「そんなことある」

梨王は暗い表情で朋美を見つめた。

「名は体を表すって言葉を習ったそのときに、思い知った。俺はせいぜい、梨の王様でいるのが分相応なんだよ。両親はそう思ってたんだ」

「そんなことない。名前がなんだってなりたいものになったらいい。人間の王様になりたいならなればいいんだよ。ねえ、りおちゃん。トラウマを引きずるのは、もうやめようよ」

梨王は皮肉を込めた笑みを浮かべた。

「無理だよ。引きずってるんじゃなくて、今も変わらずに、この名前のせいで嫌な思いをし続けてるんだ。これは一生続くんだ」

言葉に詰まった朋美と、黙りこくった梨王の間に冷たい亀裂が走ったように感じて、久美ははらはらして目が離せない。荘介が臆することもなく、沈黙の真ん中に疑問を投げかけた。

「なぜ改名しないのですか」

梨王は戸惑いつつも答えた。

「それは……。裁判所に改名の希望を申請して却下されたらと思うと……」

「却下されるかもしれないと思うんですか？」

「キラキラネームで生き辛いという理由なら、改名が認められやすいって聞いたことあります。でも、もし却下されたら、俺の名前はキラキラネームじゃなかったってことになる。今までの人生でうまくいかなかった出来事は、名前のせいなんかじゃないってことになってしまう。そう思うと怖くて……」

朋美がぽつりと呟く。

「りおちゃんの嘘つき」

「なにが嘘だって？」

「本当は自分の名前に愛着があるから変えたくないくせに」

「ないよ、愛着なんか」

梨王は憮然《ぶぜん》とした表情だ。

「幼稚園のときのこと、お義母《かあ》さんから聞いたよ」

「なに、幼稚園のときって」

「入園式で間違って『りお』って呼ばれて、泣きながら『なしおうです』って言ったんでしょ」

朋美の言葉に梨王がうろたえて視線を泳がせる。

「知らないよ、そんなこと」

「今は梨王って言われたら怒って、りおって呼ばれたがる。名前にこだわりすぎてるだけで、裏表はどっちでもかまわないいんだ。だったら、幼稚園のときみたいに『梨王』って名前に誇りを持ちなよ」

梨王は再び目を泳がせたが、すぐに反論した。

「そんなこと言ったら、俺のことをりおって呼ぶやつをどうするんだよ」

朋美は言葉に詰まる。一瞬の沈黙に荘介が言葉をかけた。

「スープのお代わりはいかがですか」

荘介の方を向くことなく、梨王が答える。

「いえ、もう大丈夫です」

「そうですか。また食べたくなったらいつでもご予約ください。……ああ、しまった」

「どうしたんですか？」

「このスープに名前をつけていませんでした。中国語の名前はありますが、発音が難しいんです。どうしましょう、なにかいいアイディアはありませんか」

急に聞かれて梨王は不審げに荘介を見上げ、朋美は明るい笑みを浮かべた。

「梨のスープだから、ありスープ！　どうかな」

「そんな名前じゃ、スープの内容を知らない人は絶対、注文しないぞ」

スープの名前を真面目に考える気らしい梨王は、朋美の方を向いて、真っ直ぐに座り直す。朋美もやる気があるようで、真剣な表情だ。

「そうかなあ。変わった名前が気になって頼むかもしれないよ」

「興味を持つだけ持っても、食べたら気に入らないってことになったら、どうするんだよ」

「りおちゃん、ありスープっていう名前が気になって頼んで、このスープが出てきたら、がっかりすると思う？」

梨王は首を横に振る。

「思わない。どんな名前でも、中身がこのスープなら美味しいと思う。頼んだことを後悔したりしない」

梨王は不意に言葉を切って、自分の言ったことを反芻《はんすう》しているらしく見えた。じっとスープの皿を見つめている。

「中身が、美味しいスープなら」

朋美は梨王の手を握った。

「そうだよ。りおちゃんの中身が好きだから、私はりおちゃんと結婚したんだよ。名前なんか関係ない。りおちゃんを好きな人は、みんな同じなんだよ」

握りあった手を、梨王はじっと見つめている。朋美は大きく息を吸うと、ぴたりと止め、すべてはきだし、もう一度吸った。

「梨王！」

至近距離で大声で名前を呼ばれ、梨王は思わずのけ反《ぞ》る。

「この子の名前は風花！　花鳥風月の風花！　どこの誰が風花の名前をからかったって、大丈夫！　だって、この子は私たちが育てるんだから」

朋美は大きなお腹を優しく撫でる。

「どこの誰が食べたって美味しいスープみたいな女の子に育てるんだもん」

梨王はぷっと噴きだした。

「美味しい女の子って。悪い狼に食べられたら嫌だよ」

「じゃあ、護身術を習わせよう」

「あ、それは必要かも。でも、習い事は少ない方がいいと思うんだよね」

「へえ、なんで？」

「俺が子どもの頃にさ……」

話がはずむ二人のテーブルから、荘介はそっと離れた。ショーケースの裏に回って久美の隣に並ぶ。

「お子さんの名前、決まって良かったですね」

ひそひそと久美が耳打ちする。

「そうだね。風花という名前に決まったのは、運命なのかもしれないね」

「なんでですか？」

「梨の花は白く小さくて、その美しさは雪に例えられるんだ」

「二人とも、雪にまつわる名前なんですね。なんだかすてき。それに、二人とも美味しい名前だし」

「自分の人生をじっくり味わうことができるかもしれないね」

「自分の人生を味わう……。私はできてるかな」

荘介は楽しげに笑った。

「お菓子はいつでも最大限に味わっていますよね」

「それは自信があります。それにいつか、人生を味わうことのスペシャリストにもなります」

「久美さんなら、きっとなれますよ」

久美と荘介は目を見交わして笑った。

旅する小豆

カランカランとドアベルが鳴った。久美が整理していた帳簿から目を上げると、近所の高校の制服を着た男子学生が立っていた。黒いフレームのメガネが似合っていて、理知的な印象だ。しゅっとして背が高いのだが、なにかで鍛えているらしく、姿勢の良さから体幹の強さを感じさせる。

菓子の専門店に入り慣れていないのか、扉の近くで立ち止まって丹念に店を見回している。

「いらっしゃいませ」

声をかけると、高校生は礼儀正しく頭を下げた。それからそっと顔を上げると、ためらいがちにショーケース近くまで歩みよってくる。

「注文したらなんでも作ってくれるお菓子屋さんというのは、ここでしょうか」

「はい。当店では、どんなお菓子もうけたまわっております」

久美の言葉に軽く頷いて、ショーケースのお菓子を端から端まで目で追う。『お気に召すまま』では店長が気ままにその日のメニューを決めるために、ショーケースの中身は日替わりだ。今日は定番のドイツ菓子は少なく、冬の新作和菓子と、季節外れではあるが南国のお菓子が、ずらりと並んでいる。

　高校生は珍しいお菓子の名前を不思議そうに見つめていたが、きりっと顔を上げると、久美に尋ねた。

「インドネシアのお菓子は、この中にありますか？」

　久美は即座に答えた。

「本日は並べておりませんが、ご予約いただけたらご用意いたしますよ」

「では、予約します」

　久美が差しだした予約票に飯塚龍也《いいづかたつや》という名前と電話番号を書き、品名のところで手が止まった。

「自分はインドネシアのお菓子を知らないのですが……。どんなものがあるんでしょうか」

　久美がちょこんと頭を下げる。

「すみません、私も知らないんです。ですが、店長が責任をもって作りますので、インドネシアのお菓子という以外の指定がないのでしたら、お任せにしていただければ美味しいものをご用意いたします」

龍也はじっと久美の目を見つめた。久美も見つめ返す。メガネ越しの龍也の目は、強い力を放っている。だが、どこか優しい印象だ。

「お菓子屋さんなのに、お菓子のことを知らないっていうのは、怖くないですか？」

久美はしっかりと龍也の目を見て答える。

「怖くはないです。不勉強で申し訳ないとは思うのですが」

誠実な対応に龍也は思うところがあったらしく、深く頷いた。高校生にしては非常に達筆な崩し字で、予約票に「インドネシアのお菓子・お任せ」と書き終えてから、また久美を見つめた。

「店長さんはお出かけですか？」

「はい。インドネシアのお菓子は、お急ぎですか」

龍也は首を横に振った。

「急ぎではないんですが……。気が焦《あせ》ってるというか、落ち着かず」

久美は壁の時計を見上げた。

「もうそろそろ帰ってくるとは思うんですが。正確な時間はわからないんですけど、お待ちになりますか？」

迷っているらしく、視線をさまよわせながら、龍也はそっと聞いた。

「待っていてもいいのでしょうか」

「はい、もちろん」

少しの間があいた。龍也はもの言いたげに鋭い視線で久美の目を見つめる。その強すぎる眼力にたじろいだ久美は、なにか爆弾発言でも飛びだすのだろうかと緊張して待った。

「お仕事中に邪魔をするような内容のことを聞いてもいいでしょうか」

「なんでしょう」

「女性はどういうときに人を好きになるものですか」

突拍子もない質問に、久美はぱちくりと瞬きをした。初対面の相手に投げかけるにしては、プライベートに踏み込みすぎた質問とも取れる。だが、龍也の視線の真摯《しんし》さに、久美は腹を割って話したいという気になった。しばらく考えて、小首をかしげ、素直な気持ちを伝える。

「人それぞれだと思います」

飾らない答えに、龍也は軽いため息をついた。

「やはり、そうですよね。いろいろな方に聞いてみているのですが、だいたいは、その答えが返ってきます」

あからさまにがっかりしている龍也に、久美は遠慮なく尋ねる。

「好きな女性がいるんですか」

龍也は素直に頷いた。

「だが、どうしたらいいのか、わからないんです。そういう訳で、お菓子で釣ってみようと思ったんですが」

「釣りですか。大物狙いなんですか？」

「そうです」

龍也は終始一貫して真っ直ぐな言葉を使う。真面目で一生懸命な子なんだなと久美は感心した。

店内を一渡り見回して、窓の向こうにも目をやって、あらためて客がいないことを確認したらしい龍也が尋ねる。

「もう少し、話をしても大丈夫ですか」

「大丈夫ですよ」

久美も真剣に答えようと頷く。

「女性の気持ちというものが、わからないんです」

「そうなんですか」

久美は小さく相槌《あいづち》を打った。龍也は久美の真面目な調子に後押しされたかのように、歯切れよく話す。

「家族の中で女性は母一人なのですが、豪放磊落《ごうほうらいらく》な性格なので、あまり女性らしさがないように思います」

難しい言葉をさらりと会話で使ってしまうのは、あまり女性受けしなそうだと思ったが、久美はそれは黙っておくことにした。

「クラスのみんなから好かれる子がいます。明るくて優しくてなんでもできる。そういう子を、うっかり好きになってしまったんです」

ユニークな言い回しに、久美は目をしばたたいた。

「うっかりですか」

「そうです。自分は人に好かれるタイプではないですし、友達も少ない。釣り合うとは思えません」

ネガティブな内容を話しているとは思えない飄々《ひょうひょう》とした様子をみて、久美はずいぶん大人っぽいなと感心する。龍也は淡々と続けた。

「やはり、似たタイプの方が人は安心できるものだと思うのですが」

「そういうこともあるでしょうけど、考え方にギャップのある夫婦もいたりしますから、人それぞれなんじゃないでしょうか」

　龍也の口がへの字に曲がる。

「誰に相談しても、結局はいつも同じところに行きつきます。人それぞれ、シチュエーションによる、タイミングで違う。ですが、自分は恋愛にも必ず公理があると思うんです」

「公理ってなんですか？」

「すみません。変な言葉を使ってしまいました。公理というのは、論証しなくても真だと見ることができる命題で……」

「命題ってなんですか？」

　龍也との会話はちょっと大変だなと思いつつ、久美は質問を繰りだす。龍也はやはり、表情を変えることなく説明しようとする。

「命題というのは、真偽の判断の対象となるもので……」

「具体的には、どういうものなんでしょうか」

「たとえば、X＋Yがゼロより大きいとき、このXとYは……」

「もしかして数学の話なんですか」

「そうです。あ、自分は話す順番を間違ったんですね。すみません」

恋愛相談が数学の問題になるのは、やはり女の子受けしないのではと久美は心配になってきた。なにかもっと直接的なアドバイスができないものだろうか。だが、逆に龍也から突っ込みが入る。

「話を途中で遮るのは、クセですか？」

「えっと……。すみません、失礼なことをして」

「いえ、責めるつもりではなかったんです。自分の話し方が悪くてわざと止められたのか、いつも止めているクセなのか知りたかっただけです」

久美は小さな体をさらに縮めるようにしながら小声で答えた。

「……たまにです」

「そうですか。少し安心しました」

気まずい沈黙が店に広がる。久美は横目でちらりと壁の時計を見てみたが、店をサボって午後の放浪に出た荘介が帰ってくる時間には、まだ少しあるだろう。とりあえず、数学以外の話を振った方がいいと判断した。

「よろしければ、お茶はいかがでしょうか。サービスでお出ししてます」

龍也はまた店を見回して、店の隅のイートインスペースに目を止めた。

「店の中で食べることもできるんですか」

「はい。出来立てじゃないと食べられないもの、たとえばアイスクリームの天ぷらとか、クレープシュゼットと言ってテーブルで火を使うものなどもご注文いただければ、お出ししています」

「知らないお菓子の名前が次々出てくるお店ですね。すごいな」

感心したらしい龍也に、久美は満面の笑みを見せる。

「そう言っていただけたら、店長が喜びます」

勧められるままに椅子に腰かけた龍也は、お茶を淹れているところから、テーブルにお茶を出すところまで、久美の姿をじっと見ている。久美は首をかしげて龍也がなにか言うのかと待ってみたが、とくに発言はない。自分のために働いている人を見守るような気持ちででもあったのだろう。

「いただきます」

几帳面《きちょうめん》に頭を下げて茶碗を取る。喋り方も動作も、全体的にきっちりしている。久美は龍也の向かいに座ってみた。

「すごく姿勢がいいですよね。なにかされてるんですか、バレエとか」

龍也は茶碗を置いて、久美の目を見つめた。

「バレエをしているように見えますか？　自分ではそうは思っていないんですが」

「えっと、姿勢がいい人といったらバレエという先入観で言ってみただけです」

納得したようで、龍也は頷いた。

「剣道をしています」

そう言われれば、もう剣士としか思えない風情を龍也はかもしだしていた。久美は納得して頷く。

「ああ、そうなんですね」

「はい。姿勢はそこで身に付いたものだと思います」

真顔できびきび喋られると怒っているのかと思って緊張する。久美はそのことをオブラートにくるんで伝えようかどうしようか、そもそも自分にはくるむことができるようなオブラートがない、などと考えて目を泳がせた。

「まだ質問してもいいですか?」

「あ、はい。どうぞ」

まだ続く龍也の鋭い声に、ぼうっとしかけていた久美は慌てて答えた。

「男性の魅力をどこに感じるか、思いあたるところはありますか」

久美は頬に人差し指をあてて「うーん」と考える。

「男性の魅力というと、男性にしかない部分をいうのかなって思うんですけど、のどぼとけとか。そういう男性にしかないところに魅力を感じたという経験はとくにないです。人間として好きになった人が、たまたま男性だっただけで」

「彼氏がいるんですね」

「なんでわかったんですか！」

テーブルに両手をついて身を乗りだした久美にあわせるように、龍也はそっと体を引いた。

「なんでというか、そんな様子のことをおっしゃったので。会話の感じからです」

「するどい。名探偵ですね」

褒《ほ》められたと解釈したらしく、龍也は軽く頭を下げた。

「恐縮です」

「いえいえ」

龍也は、一つ咳ばらいをした。

「自分は女子とお付き合いしたことがないんですが……」

「男子とはあるんですか？」

「ないです」

「そうですか」

龍也が小さく首をかしげた。

「会話を止めるのは、たまにだとおっしゃっていましたが、自分の言葉はよく止められるように思うんですが」

久美は両手で口を覆《おお》う。

「ごめんなさい、黙って聞きます」

「いえ、いいんです。自分は話が長いらしいというのは、思いあたるところがあります。ですが、もう少し質問させてください」

久美は、もう言葉を遮らないぞと姿勢を正す。

「どうぞ」

「異性と付き合うと自分自身というものは変わりますか？」

久美は静かに首を横に振る。肩までの髪がさらりと揺れた。

「変わりません。でも、今まで知らなかった自分を次々に発見します」

「知らなかったことを発見するというのは、自分が変わることとは違うんですか」

「違うと思います。私は私のまま、でも、以前よりずっと自然体でいられるようになりました」

龍也は小さく頷いてお茶を一口飲んだ。久美は冷めてしまった茶碗を見て、新しいものに替えようかと席を立った。

「まだ聞いてもいいですか」

龍也は変わらず久美の目を見て視線を外さない。どこまでも真っ直ぐな性格なのだろう。久美はとことん付き合おうと椅子に座り直した。

「なんでも、どうぞ」

「自然体でいられるって、どういう感じですか？」

久美は龍也の目をしっかり見て考えた。考えてもすぐには言葉にならない。しばらく見つめあったが、龍也は目をそらさず、口も挟まない。久美は安心してじっくりと考えることができた。

「私の自然体は、怖がらなくていいことです」

「怖がらない？」

「はい。相手がなにをしても受け入れられるという自信があるし、私も受け入れてもらえるという確信があるんです。でも、相手が間違っていたら、しっかり叱るし、私も間違ったことをしたら叱られると思います。それが自然体だと思うんです」

龍也の口から、はー、と声にならない空気が漏れた。

「なんだか壮大な話を聞いたという感じがします。でもそれは、大人だからではないのでしょうか」

久美は眉根を寄せて秘密を打ち明けるかのように声を低める。

「じつは」

「はい」

「私、学生時代に異性とお付き合いをしたことがなくてですね」

「同性とはあるんですか？」

「いえ、ないです。だから、学生さんのお付き合いがどういうふうなものか、知らないんです。お役に立てなくて、ごめんなさい」

頭を下げた久美に合わせるように、龍也も頭を深く下げた。

「子どもの話に付き合ってくれて、ありがとうございます」

「真剣に悩むのに年齢は関係ないですよ」

久美の力強い言葉に、龍也は笑顔を見せた。今までの四角張ったイメージとは違う、柔和な微笑みだ。

「自然体でいるのにも年齢は関係ないのかもしれませんね。自分もそんな関係を築いて、彼女が自然体でいられる相手になりたいです」

久美は力強く頷く。

「じゃあ、そうなるようにインドネシアのお菓子で仲を深くしましょう。どうせならお持ち帰りではなくて、ここで食べるようにしたらどうですか」

「イートインですか？」

「デートに誘えて、釣りも仕掛けられて、一石二鳥だと思います」

龍也の瞳が辺りに緊張感を生むほどに、ぎらりと強く光る。

「すばらしい。次に彼女に会ったら、必ず誘います」

「ガッツですよ！」

龍也の雰囲気に負けず、力強く椅子を鳴らして立ち上がった久美は、ガッツポーズをしてみせる。龍也も立ち上がり、こぶしを握った。

恋愛相談にも一区切りがつき、龍也は手ぶらで店を出ることになった。久美が見送りにドアをくぐったところで、龍也が叫んだ。

「アリエラ！」

通りをこちらに向かってきている制服姿の女子高生が顔を上げて、龍也に向かって軽く手を振った。真っ直ぐ小走りに近づいてくる。龍也は意を決したというような、きりりとした表情で宣誓した。

「君に美味しいインドネシアのお菓子をごちそうする！」

久美はぎょっとして女子高生と龍也を何度も見比べた。アリエラという少女が龍也の思い人だろう。次に会ったら誘うとは言ったが、いくらなんでも早すぎる。

「飯塚さん、店長が留守で、まだお菓子を作れません！」

久美の小声の訴えを聞いても龍也は姿勢を崩さない。

「誘うと決めたからには覆すわけにはいきません。店長さんが戻るまで待ちます」

「それまで、彼女との会話は持ちますか？」

久美の問いに、龍也は即答した。

「無理かもしれません」

「そんなあ！」

思わず大きな声を上げた久美に驚いたアリエラが、店の一歩手前で足を止めた。

「あっ、ごめんなさい。驚かすつもりじゃなかったんです」

龍也はずいっと進み出ると、アリエラを射すくめようとするかのような強い視線を放った。

「アリエラ、おごるよ」

二人の妙な迫力に押されたアリエラは戸惑いながらも、「うん」と小さく頷いた。

店内に戻り、久美はとりあえずお茶を出した。アリエラは切れ長の目をしたエキゾチックな雰囲気の少女だった。お茶を置くと、ぺこりと頭を下げる。生真面目な調子が龍也と似ている気がした。

しんと静かな店内の空気を振り払うかのような明るい声で、アリエラが尋ねる。

「飯塚くん、なんで突然お菓子なの？」

龍也は真っ直ぐにアリエラを見つめた。

「食べたかったんだ。インドネシアの料理が」

アリエラがパッと笑顔になった。

「言ってくれたら、うちで母の料理をごちそうするのに」

「いや、それは……」

不動と思われた龍也の視線が宙をさまよう。

「敷居が高いというか……」

「そっか。他人の家って緊張するよね。でも、珍しいね、インドネシアのお菓子があるって。ここ、ケーキ屋さんじゃないの？」

挙動不審な龍也に代わって久美が答える。

「当店はご注文をいただいたら、どんなお菓子でもお出ししております」

「そうなんですか。インドネシアのお菓子は、どんなのがあるんですか？」

「う……」

久美も龍也と同じように視線をさ迷わせる。

「て、店長を捜してきます！」

そう言い残して、久美は店から飛びだしていった。

「え……？」

なにが起きたかわからないアリエラは龍也を見たが、視線が合わない。

「飯塚くん。なんか、お店の人が出ていっちゃったんだけど」

「店長さんしかインドネシアのお菓子のことを知らないそうだ」

「そうなの。店長さんって、どこにいるの？」

「わからない」

アリエラは、ぱちくりと瞬きをする。

「えっと……、店員さんは、そのどこにいるかわからない店長さんを捜しに行っちゃったの？」

「そうだ」

アリエラはドアを見やり、戸惑いを隠せない様子で呟く。

「……お店、どうするんだろ」

「自分たちが留守番するしかないだろう」

急に店の中がシンと静まった。二人の間に流れる沈黙以上に、店員不在という非常事態が二人の心を寒からしめる。

アリエラは居心地悪そうに椅子の上で、もぞもぞと姿勢を変えている。龍也は無言で斜め下の床を見つめる。先に無言の気まずさに負けたのはアリエラだった。

「飯塚くん。このお店、よく来るの？」

「いや、初めてだ」

「初めてのお客さんを店に置き去りに……。不思議なお店だね」

「そうだな」

「ねえ、お客さんが来たらどうしよう」

龍也がやっとアリエラの顔に視線をやる。

「店員さんが留守だと伝えるしかないのでは」

「でもそれって、お客さんを逃がしちゃうってことだよね。私たちのせいで売り上げが減るのって申し訳ないよ」

カランカランとドアベルが鳴り、アリエラは飛び上がりそうなほど驚いて目を見開いた。龍也も慌てた様子でドアを見やる。

「いらっしゃいませ」

そう言いながら店に入ってきたのは白いコックコートを着た男性で、二人はほっと息をついた。

「店長さんですか？」

龍也が尋ねると、荘介は笑顔で頷いた。

「はい、店長の村崎荘介です」

アリエラが安堵《あんど》の表情を浮かべる。

「店員さんが店長さんを捜しに出ていってしまって。どうしようって言ってたところなんです」

「それは申し訳ありません、ご心配をおかけしました。もしかして、特別な注文をうけたまわっているのでしょうか」

アリエラが龍也を見る。龍也は頷いて立ち上がり、ショーケースの上に置き去りになっていた予約票を荘介に手渡した。

「これです」

「インドネシアのお菓子、お任せですね。かしこまりました。こちらでお召し上がりですか？」

「はい、いや、ええっと。アリエラ、イートインで大丈夫か？　時間はあるか？」

「うん。大丈夫だよ」

にこやかな返事を受けて、龍也は緊張した様子で荘介に向かって頷く。

「では、少々お待ちください」

荘介が厨房に引っ込んでしまうと、また店内には静寂が戻ってきた。龍也は黙って俯いてしまい、気を使ったアリエラが話しはじめた。

「なんだか、店長さんって、すごくきれいな顔だったね」

「そうだっただろうか」

「見てなかった？」

「見ていなかった」

「次はきちんと見てみて。すごいから」

「わかった」

会話が途切れた。アリエラは視線をさまよわせて会話の糸口を探す。龍也はアリエラに視線を向けられないまま、自分の膝に置いた手を見つめていた。

ひどく緊張している龍也に気を使い、アリエラはなんとか次の話題をひねりだした。

「えっと、飯塚くんはインドネシアに興味があるの？」

「ある」

アリエラは、そっと様子をうかがうようにしながら尋ねる。

「それって、私がインドネシアの話をするからかな」

「そうだ。アリエラのお母さんの祖国が、どんなところか知りたいと思った」

アリエラの表情が、ぱっと明るくなった。

「それなら、今度うちに来て。写真とか、たくさんあるから……。あ、敷居が高いんだっけ」

「そうだな」

会話は再び途切れた。アリエラは俯いている龍也のつむじをじっと見つめている。龍也は自分の膝をにらみつけている。

「あの」

「あの」

二人同時に声を出した。

「えっと、なに？」

「どうぞ、お先に」

また言葉がかぶる。龍也は待ちの姿勢で口を引き結び、アリエラは居心地悪そうに視線をそらした。静かな店内に、アンティークの壁時計のコチコチという秒針の音だけが響く。アリエラがそらした視線はショーケースに向かった。色とりどりのお菓子を見て、そっと立ち上がる。

磨き上げられたショーケースに近づいて覗き込み、一番に目をやったのは風花だ。白い生地に松の焼き印という渋い姿に、アリエラは見入った。

「ねえ、飯塚くん」

振り返ったアリエラは龍也に向かって、おいでおいでと手招きをした。龍也は素直に立ち上がって寄っていく。

「私ね、父が日本人で、母がインドネシア人じゃない。でも私自身はインドネシアに行ったことがないの。だからかな、こういう日本的なものの方が、こっちよりしっくりくるんだよね」

こっちと言ってアリエラが指さしたのはトロピカルフルーツを使ったお菓子だ。

「でも、私の外見はインドネシア人の母にそっくりなの。どう思う？」

「どう、とは、なにがだろうか？」

真面目くさった龍也の聞き方を面白そうに笑って、アリエラは続ける。

「私は、日本人なのかな、インドネシア人なのかな、それとも、どこの国にも属さないなにかなのかな」

「どうして、そんなことを聞くんだ」

「どうしてって？」

「たいして仲が良くない自分にするには、すごくセンシティブな問題なのではないかと思う」

アリエラの眉が悲しげに下がる。

「迷惑だった？」

「いや、迷惑じゃない。ただ、不思議だっただけだ」

じっと龍也を見つめて、アリエラは答えた。

「飯塚くんは、なんていうか、信用に足る人物って感じがする」

龍也は黙って頷く。アリエラはその姿をじっと見つめる。

「信用できるって言葉じゃ足りないくらい、信用できる。いつも教室でみんなと話してるのを聞いていて、そう思ってた」

龍也はまた頷く。

「自分は、口が堅いくらいしか取り柄がないから」

アリエラは笑みを浮かべた。

「誰に話してもらってもいいんだ。でもそうだなあ。ママには秘密にしてほしいかな」

「悩んでいることを？」

「そう」

「思春期には親に話せない悩みが付きものだからな」

ふふっと小さく笑って、アリエラは小首をかしげた。

「なにそれ。飯塚くんには悩みがないみたいな言い方。ないの？　悩み」

「ある」

「なに？」

「言えない」

「そうか。私は信用に足りないか」

違うのだと内心慌てながら、龍也が言うべき言葉を探していると、タイミング悪く厨房から荘介が出てきた。

「お待たせしました」

テーブルに二枚の皿を置く。二人は急いで席に戻った。

「ピサン・ゴレンです」

「あ、私、これ大好き」

明るく言うアリエラに龍也が尋ねる。

「知ってるお菓子なのか？」

「うん。母がよく作ってくれる」

龍也がじっとアリエラを見つめる。なにか重大な発言をしそうな雰囲気に、アリエラは姿勢を正した。

「アリエラ、質問なんだが」

「なに？」

「お母さんのことを『母』と呼ぶときと『ママ』と呼ぶときがあるのには、なにか理由があるんだろうか」

「え、私、ママって言った？」

「言っていた」

「やだー、恥ずかしい！　忘れて、忘れて！」

アリエラは真っ赤になって、それを隠そうとするかのように、顔の前で両手を振った。

龍也は視線を外すことなく、さらに追及しようとする。

「しかし、なんだか重要な問題のような気がするんだ」

「気のせいだって！　ほら、早く食べないとピサン・ゴレンが冷めちゃうから」

荘介がナイフとフォークを置くと、アリエラが荘介を見上げた。

「お箸はないですか？」

「あります。少々お待ちください」

厨房に向かう荘介の後ろ姿を見ながら龍也が「本当だ」と呟く。

「ん？　なにが本当？」

「きれいな顔をしていた。店長さん」

アリエラがぷっと噴きだす。

「さっき、そんなこと話したよね。忘れてた」

「そうか。自分は覚えていたよ」

アリエラは目を伏せて微笑む。

「そういうところかな、飯塚くんの信用できるところって」

「そうか」

また会話が途切れた。だが、今度はアリエラも口を開くことなく、ピサン・ゴレンの皿を見下ろしている。龍也は漂う香りを嗅ぎ、首をかしげて尋ねる。

「これは、バナナだろうか」

「そう。バナナの天ぷらだよ」

「天ぷらって小麦粉だったかな」

戻ってきた荘介が箸を二人の前に置く。

「主なものはそうです。小麦粉でなく、そば粉やタピオカ粉を使っても天ぷらと言えるかもしれませんが」

龍也は不思議そうに皿を覗き込む。

「粉の種類で呼び名が変わるんじゃないんですか。天ぷらと唐揚げの違いは、使っている粉の違いかと思っていました」

「どちらかというと、衣の作り方の違いです。唐揚げは、素材に粉だけをつけて揚げるもの。天ぷらは粉を水などで溶いたものを衣にするものと一般的には言われています。このピサン・ゴレンも小麦粉と卵を水で溶いた衣を使っていますから、天ぷらの仲間だと言えます。香りの相性がいいココナッツオイルで揚げました」

アリエラは笑顔で頷いて箸を取る。

「インドネシアではこのお菓子以外にも、バナナをよく使うんだって。ココナッツも料理にも使うそうなの」

龍也も箸を取り、皿に目を落とす。まだ湯気が出ている黄色の衣から、甘い香りが立ち上っている。

「母は、家では料理にバナナを使ったことはないんだけどね」

アリエラの言葉を補うように荘介が口を挟む。

「バナナと一言で言っても、種類が豊富にあります。料理用バナナと言われる、プランテンやハイランドといった種類のものは生食されることは少なく、加熱中心です。そういった種類のバナナは、国によっては主食にされることもあります」

皿の上にのったピサン・ゴレンは、よく見る日本の天ぷらと同じように衣をまとい、その上から白い粉砂糖をまぶされている。一口大のピサン・ゴレンの側には小豆の粒餡がこんもりと添えられている。

「やっぱり、バナナを熱くして食べるのって、日本人にとってはおかしいのかな」

アリエラが龍也に尋ねる。

「いや、どうだろう。自分は普段からあまりバナナを食べないので違和感はない」

アリエラは荘介を見上げる。

「小豆が添えてあるのって、和風にするためですよね。ピサン・ゴレンだけじゃ、日本人受けしないいんですか？」

「ピサン・ゴレンは本日、初めて店に出しました。小豆を添えたのは彩りを考えたからです」

龍也は感心した様子で頷く。

「そう聞くと、皿の上がすごく美しいように思えるな」

「本当だね。小豆がつやつやしているのもきれい」

荘介は説明を続ける。

「小豆はインドネシアでも食べられるものです。お菓子として食べられている豆としては緑豆《りょくとう》が多いのですが、カチャン・メラと言われる小豆も食べられているんです」

アリエラが首をかしげた。

「それは、日本から輸出されているってことでしょうか。小豆って、日本のものですよね」

「いいえ、小豆が栽培されているのは日本だけではありません。中国やアジアの各国、カナダやオーストラリアでも作られています。研究は進んでいますが、原産国は未だにわかっていません」

「じゃあ、和食や和菓子だけのものじゃないんですか」

アリエラはなぜか嬉しそうに尋ねた。

「そうですね。さまざまな国で食べられていますよ」

頷いて、アリエラは箸を取り、手を合わせる。

「いただきます」

きっちりと頭を下げるアリエラを見て、龍也も同じように「いただきます」と手を合わせる。荘介は微笑んで、ショーケースの奥に下がった。

アリエラは一切れを半分に切って、まだ湯気を立てているままに口に入れた。

「んんー。美味しい！」

片手を口の前にあてて、目を丸くする。

「すごく美味しい！　ママが作ったのと全然違う！」

龍也は静かに一切れをしっかりと嚙みしめ、飲み込んでから尋ねた。

「たしかに美味しい。アリエラのお母さんの味とは、どう違うんだ？」

「なんて言うんだろう。とろける？　いえ、ママのピサン・ゴレンもとろけるのよ。でもこれはもっと、クリームみたいにふわっと溶ける感じがするの」

「なるほど。溶ける感じか、わかる気がする」

アリエラは目を細める。

「でも溶ける前に、衣がさっくりするところもいいね」

「天ぷら専門店の衣みたいだ。家で母が揚げたものとは、比べ物にならない」

「プロの味だね」

龍也はアリエラとの会話より食べる方に夢中になっているようで、ただ頷きだけを返す。アリエラはそれでも楽しそうだ。

「小豆も美味しい。バナナと一緒に食べたら絶品和菓子みたいだね」

龍也は何度も頷く。アリエラは食べることに集中している龍也のつむじを嬉しそうに見つめている。ひとしきり食べ終わり顔を上げた龍也が、やっとアリエラの視線に気づいた。

「どうした？」

「飯塚くんってさ、武士って感じだよね」

龍也は首をかしげる。

「剣道をやっているからだろうか」

「話し方もだよ」

「口調は祖父に似たのかもしれない。剣道と一緒に身に付いてしまったみたいだ。祖父は昔気質《かたぎ》だからか、話し方も少し突飛だから。おかしくないかな」

「いいと思う」

龍也の表情がゆるむ。

「そうか」

「伝統を受け継いだ武士っぽい飯塚くんが、インドネシアのお菓子を美味しそうに食べてくれると、なんだか嬉しい」

「そうか」

アリエラは皿に残った小豆を一粒ずつ大切そうに口に運ぶ。

「アリエラは箸遣いが上手だな」

「そうでしょ、自慢なの。私の一番日本っぽいところかな」

龍也は生真面目に尋ねる。

「一番インドネシアっぽいところもあるのか？」

アリエラは輝くような笑顔を見せた。

「この笑顔かな」

龍也はアリエラの笑顔に見惚《みと》れて、言葉が出ない。アリエラは龍也の表情を楽しそうに笑ってから、皿の上の小豆を食べきった。

「ごちそうさまでした」

両手を合わせたアリエラは、目をつぶって、じっと動かなくなってしまった。

「アリエラ？」

「私ね、自分の魂は日本のものなのかインドネシアのものなのかって、昔から考えてたんだけど」

「魂？」

「そう。人間の根っこのところ。でも、どっちかなんて決めなくていいのかな」

龍也は黙ってアリエラを見つめる。

「ルーツなんてわからなくても、どこにでも遠くまで行ける私がいればいいのかなって思ったの」

「アリエラは遠くに行きたいのか？」

目を開き、真っ直ぐに顔を上げて、アリエラは龍也の目を見る。

「うん。世界中を旅してみたい。ママの国、インドネシアにも行きたいし、英語留学もしてみたい。でも、一番行きたいのは北欧かな」

「なんで？」

「テキスタイルの勉強をしてみたいの。それでね……」

ガランガランと、ドアベルを激しく鳴らして久美が駆け込んできた。

「飯塚さん、ごめんなさい！　店長が見つからない……、あっ！」

久美はショーケースの向こうにのんびりと立っている荘介に人差し指を突き付けた。

ぜえはあと荒い息の下から、久美は地に潜りそうな低い声を出す。

「いつの間に……」

荘介は質問に答えず、ただ肩をすくめた。代わりに、アリエラが返事をする。

「お姉さんが行ってしまって、わりとすぐに」

久美はアリエラに頷いてみせると、カウンターの裏に回り込んだ。

「久美さん、お帰りなさい。お疲れ様です」

そっと囁《ささや》くような声の荘介を、久美はキッとにらみつける。

「だから、いつも店にいてくださいと、言ってるじゃないですか！」

小声ながら迫力ある訴えを、アリエラは聞いていないふりをして、龍也の方に向き直った。真面目な表情だが、目は笑っている。二人はそのまま荘介と久美の会話に聞き耳を立てた。

「新作のヒントになることがないかと散策していまして……」

「冬の新作は出したばっかりじゃないですか」

「春の新作ですよ」

「冬はやっと始まったばかりです、街中に春は落ちていません！」

「おかしいですね。先週、梶山《かじやま》さんが旅行のお土産《みやげ》に春っぽいものをくださいましたよね」

「それは南半球のお土産だったからです、向こうは春が終わった頃です」

「久美さん」

「なんでしょう」

「今日は叱り方が密やかですね」

久美はぎゅっと歯を食いしばって両方のこぶしを握りしめた。大音声《だいおんじょう》で雷を落としたいところを必死でこらえているのだと、見ただけでわかる。アリエラは横目でそれを見て、思わず噴きだした。はつらつとした笑い声が店中に響く。その声にハッとした久美が客席から見えないようにと顔を隠す。荘介が笑いをこらえようと手で口を覆ったが、肩が揺れるのは隠せなかった。

アリエラはひとしきり笑うと、涙を拭きながら謝った。

「ごめんなさい、笑っちゃって」

久美は慌てて両手を振ってみせる。

「とんでもないです、こちらこそいろいろと失礼しました」

深々と頭を下げる久美とアリエラが話している間に、龍也が会計に立った。叱られて神妙な顔を作っている荘介がレジを打つ。

「いつも叱られているんですか？」

龍也に尋ねられて、荘介は小さく「そうなんです」と答える。

「付き合っている彼女を叱ることもあるんですか？」

荘介はちらりと久美を見やる。

「僕が叱られるばかりですね」

龍也も久美に視線をやってから、また荘介に尋ねた。

「店長さんは、自然体でいられる関係って、どういうものだと思いますか」

「自然体ですか。そうですねえ。相手がなにをしても、笑って過ごせることかと思います」

久美と同じ考え方のようだと、龍也は感心して頷く。

「店長さんは幸せですね」

「そうですね。幸せについては、ちょっと自信があります」

荘介は今日のお詫びにと焼き菓子を二人分、袋に入れて渡した。龍也からその袋を受けとったアリエラは、大切そうに両手で抱えた。

「これに懲《こ》りずにまたお越しください」

久美が言うと、アリエラが笑顔で頷く。

「今、予約してもいいですか？　インドネシアの他のお菓子も注文したいんです」

「もちろん、大歓迎です」

久美が差しだした予約票に記入しながら、アリエラが龍也に尋ねる。

「飯塚くん、いつがいい？」

「いつって、もしかして自分とまた来てくれるのか？」

「うん。よければもっとインドネシアのお菓子を知ってほしいなって」

龍也はアリエラの隣に立つ。

「いつでもいい。一緒に来られるなら、いつでも時間を作る」

アリエラは一瞬、目を見開いた。その表情が変わらないまま、顔色だけが真っ赤に変わる。龍也は自分が言ったことにどういう意味があるのか気づいてしまい、同じように顔を赤らめた。黙り込んでしまった二人を、荘介と久美は微笑ましく見守る。

先に動きだしたアリエラが、小声で呟く。

「私、飯塚くんと自然に話せるようになって嬉しいよ」

遠く離れているだろうと思っていたアリエラの密やかな声が、龍也の心に、すとんと辿《たど》りついた。

発足！　点心研究会

「いや、久美ちゃん。それは違う」

班目太一郎《まだらめたいちろう》は深い苦悩を思わせる声で言った。

「飲茶は、おやつだ」

「いいえ！」

久美は力強く言う。

「点心はごはんです！」

『万国菓子舗　お気に召すまま』の厨房は、今や竜虎の対決のごとき熱い戦いの場と化していた。小柄な久美が、大柄でがっしりした体格の班目と対峙《たいじ》して一歩も引かない姿が頼もしい。

「久美ちゃんや、そもそも点心と飲茶という言葉は、少し意味が違う。飲茶はお茶を飲みながら点心を味わうものであり、点心というのは中華料理の主菜と、スープなんかをいう湯《タン》以外のものの総称なんだ。主菜じゃない、湯でもない、それはおやつということだ」

久美は猛然と言い返す。

「点心というと、茶道ではお茶席の懐石料理の意味もあります。懐石料理、ごはんじゃないですか」

「いいや、ちょっと待て」

班目はフードライターという職業で培った知識を披露できる場を満喫すべく、弁舌豊かに久美に対する。

「点心はそもそも、禅においては食事と食事のあいだの軽い食べ物のことだ。食事と食事の間。それはつまり、食事ではない。おやつだ」

「むぎぎぎぎぎ」

久美は悔しさのあまり意味をなさない言葉を口から漏らす。その姿を見た班目は、不敵な笑みで胸を張る。

「久美ちゃん、最近大人びたかと思ったが、まだまだお子ちゃまだったな」

「年齢と点心は関係ないじゃないですか！」

「いいや、あるね」

班目は高い身長を駆使して、久美の頭にぽんと手を置く。

「お子ちゃまには中国四千年の歴史は深すぎたな」

むきー、と甲高い気勢を上げて久美は班目の手を払いのけた。

「最近は中国五千年の歴史って言うっちゃけんね！」

夢中になるあまり、素の博多弁が出た久美を班目は勝ち誇った様子で見やる。

「甘いな。史実として証明できるのは四千年ほどだというのが定説だ。少なくとも今世紀は『中国四千年』でいけるぜ」

椅子に腰かけてのんびりと二人のやり取りを眺めている荘介に、久美が噛みつく。

「荘介さん、なんでそんなに他人ごとみたいな顔で見てるんですか！　荘介さんの意見はどっちなんですか！」

「どちらと決めなくてもいいいんじゃないかな。食事代わりに食べるときも、軽く小腹を満たすときもあるだろうし」

いつもなら全面的に久美の味方をするのだが、その荘介らしくない日和《ひよ》ったセリフに、久美は顰め面をしてみせる。

「はっきりどちらかに決めてください。はっきりしないのは嫌いなんです」

調理台の脇に置いた椅子に座ってぼんやりしている荘介は、やる気なさそうに、軽く肩をすくめた。

「それは困りました。久美さんに嫌われてしまう」

「全然困った顔してないじゃないですか。なんでそんなに興味なさげ……。あ、そうか！　荘介さんが興味を示さないっていうことは、やっぱり点心は食事なんですよ。おやつだったら荘介さんのお菓子センサーが働くはずやもん」

荘介は眠たそうな声を出す。

「僕にそんなセンサーはついていませんよ」

「いや、荘介。お前にはたしかにお菓子センサーがついている」

荘介と幼馴染みで、子どもの頃から知っている班目が断言した。久美は我が意を得たりと満面の笑みを浮かべる。

「とうとう認めましたね、班目さん。荘介さんのお菓子センサーが反応していない、つまり点心が食事であると」

「そんなことは言ってない」

久美は不審げに眉をひそめる。

「でも、お菓子センサーはあるって言ったじゃないですか」

「ある。だが、それはまだ働いてないんだ。荘介、なんでもいいから点心を作れ」

班目はなにを言いだしたのかと、久美が首をひねる。

「荘介さんに料理は無理ですよ。班目さんだって知ってるでしょう。お菓子ならどんなものでも作れるのに、料理の腕は壊滅的なんだから」

「そこだよ、久美ちゃん」

班目は久美の鼻先に指を突きつけた。

「点心がおやつなのか食事なのか、荘介の腕がジャッジする」

久美はぽんと手を打つ。

「そうか、荘介さんに作ってもらって美味しかったらおやつ、まずかったら料理っていうことですね」

「よし、荘介。ごま団子を作れ」

荘介が笑いながら腰を上げようとするのを久美が止める。

「ちょっと待ってください！　それはズルやないですか。ごま団子はお菓子やもん、美味しく作れるに決まってます」

「お、そこを認めるなら、荘介の出番はないな。点心にはお菓子が含まれる。つまり、おやつだ」

久美は胸を張り片手を腰にあて、もう片方の手で扇を持つような仕草をする。

「パンがなければお菓子を食べればいいじゃない、とマリー・アントワネットも言っています。お菓子だって食事になるんです」

班目は余裕のある笑みを浮かべ、首を横に振ってみせる。

「マリー・アントワネットがそんなことを言ったという史実はない。それに、お菓子と言ったって、その時代のお菓子はパンより安い小麦粉を使っていたんだ。パンよりも廉《れん》価《か》で美味しいものを食えという助言なんだよ」

久美はますます胸をそらす。

「ほら、班目さんも認めたじゃないですか。美味しいお菓子をパンの代わりにするんでしょ？　お菓子も食事じゃないですか」

むっとした様子で班目が反論する。

「俺はそんなことは言っていない」

「いいえ、言いました。ちゃんと聞きました。ねえ、荘介さん」

荘介がにっこりと笑って頷きそうになっているのを止めようと、班目が大きな声を出す。

「わかった！」

「なにがですか？」

「ごま団子は諦めよう。点心の選択は久美ちゃんに任せる。これでどうだ」

久美は黙ったまま冷ややかに班目を見つめる。

「なんだよ、久美ちゃん。言いたいことがあるなら、はっきり言えよ、聞くぞ」

「もう点心問題のこと、どうでもよくなってるでしょう、班目さん」

「よくなんてなっていないが？」

久美の視線が、ますますひんやりとしたものになる。

「食事でもおやつでも、食べられたらどっちでもいいやって思ってるでしょう」

班目は視線をそらす。

「そんなことないぞ」

「そうですか。じゃあ、大根もちにしましょう。大根が旬ですから」

荘介は首をひねる。

「久美さん、班目を追及するのはもういいんですか？」

「味で追及します。百聞は一見に如かずです」

「それを言うなら、久美ちゃん。プリンの味は食べてみないとわからないっていう諺《ことわざ》の方がいいぞ」

久美は目をぱちりとまばたく。

「そんな言葉があるんですか」

「ああ。イギリスの諺だ」

フードライターを生業にしている班目の知識を信用はしているが、いつも適当な嘘に騙されている久美は半信半疑で尋ねた。

「食べてみなくても、プリンはプリン味じゃないんですか」

班目は生真面目に答える。

「プディングってやつだよ。小麦粉で作る、塩味だったりグレービーソースをかけたりするやつ」

「ああ、ライスプディングとかですね」

「それは味付けが甘いがな。まあいい。今は点心だ。荘介、大根もちは今すぐ作れるか」

荘介は肩をすくめる。

「材料がないよ」

「わかった、買い出しに行ってくる」

元気にそう言い置くと、班目は裏口から飛びだすようにして出ていった。久美はその後ろ姿を見送って、しばらくしてから小首をかしげた。

「あれ。班目さん、なにを買うか聞かずに行っちゃいましたよ」

「一応、食のプロですから。レシピは頭の中に入っているんでしょう」

久美は本格的に首をかしげる。

「前々から思っていたんですけど、班目さんってどんなものを書いているんでしょうか。見たことないですよね」

荘介は立ち上がると、作り付けの吊戸棚を開けた。

「掲載誌を買ってありますよ。どんなものが見たいですか」

荘介は棚の手前にある私物を避けて、奥から雑誌をごっそりと取りだす。

「わあ、すごい量ですね」

「これでも一部ですよ」

久美は一冊受けとってパラパラとめくる。

「班目さんの名前ってどこに書いてあるんですか」

「雑誌の最後の方に、他のライターや編集者の名前と一緒に載っていますよ。ただ、それぞれの記事には名前の記載はありません」

久美は小首をかしげる。

「名前がないのに、どうして、どれが班目さんが書いた記事かわかるんですか」

「班目はどこに取材に行ったか、よく話すでしょう。その話から掲載時期を予想して雑誌をめくってみる。写真や文体で、おそらく班目のものだろうと推測しているんだ」

久美は不思議そうに尋ねる。

「班目さんが書いたっていう確証はないんですか」

「何度聞いても掲載誌すら教えてくれないからね。こちらの記事は名前がのっているから確実だよ」

荘介が差しだしたのは、タウン情報が載っているフリーペーパーだ。特集記事は「フードライターが厳選しておススメする冬の味覚」。班目がモデルの写真まで掲載されている。

「荘介さん！　班目さんが愛想よく笑ってます！」

「仕事だからね。いつもと変わらずふざけたり、ふてくされたりしてるわけでもないんでしょう」

「ひえー。知らない人みたいなんやけど……」

久美は独り言をぶつぶつ呟きながら記事を丹念に読んでいく。荘介は班目の名前が入っている記事を厳選して、何冊かを久美に手渡してやった。久美は次々と読んでは「へえー」「うおー」「ほへー」と個性的な感嘆詞を漏らし続けた。

「帰ったぞー」

元気よく裏口から入ってきた班目の動きが、ピタリと止まった。

「お帰りなさい、班目さん」

班目は、久美が手にした雑誌に向かって突進してくる。久美は驚いて一歩身を引いた。その手から雑誌を奪い取り、荘介をにらみつける。班目の切れ長の目は、なかなかの迫力を生んだ。

「お前、なにしてるんだ」

「雑誌を読んでるんだよ」

飄々と言う荘介の手からも雑誌を取り上げ、調理台の脇に置かれたものもすべて回収して抱え込む。

「なんで持ってるんだ」

強い口調で荘介に尋ねる班目は怒っているようにも見えるが、どうやら内心は逃げだしたいくらいの弱気のようで、二人から距離を取り、少しずつ少しずつ裏口の方へ下がっていく。

「買ったからだよ」

「なんで俺の記事がのってる雑誌ばっかり集めてあるんだ」

「班目の記事を読むためだよ」

「掲載誌を教えた覚えはないぞ」

「うん、聞いた覚えはないね」

どこまでも素直な荘介の答えを、班目はそのまま受け取れないようで、顔を顰めた。

「それをわざわざ探しだして買うって。嫌がらせにしてもほどがあるだろう」

「嫌がらせなんかしてないよ。純粋な好奇心だよ」

「お前の好奇心はお菓子だけに向けておけ、迷惑だ」

二人の顔を見比べていた久美が尋ねる。

「班目さん、なんでそんなに自分の記事を読まれるのが嫌なんですか？　面白かったですよ」

「ああ、もう。そういうのもいらん。褒めるな、見るな、探すな、所持するな」

いつもとは打って変わった荒い声音の班目を、久美は目をしばたたいて見つめる。班目は開いたままの吊戸棚の中を覗いて、残りの雑誌もすべて回収してしまった。

「僕の愛読書をどこへ持っていくのかな」

「愛読するな！」

いつものように肩にかけているバックパックに雑誌をむりやり押し込みながら、班目は用心深く荘介を見据える。

「他にも隠していやしないだろうな」

「家にも何冊かあったかな」

「出せ。よこせ。すぐにお前の家に行くぞ」

肩をつかもうとする班目の手から、荘介はするりと身をかわす。

「無理だよ、今は仕事中だからね」

「いつもサボリまくってるやつがなにを言うんだ」

「今日はほら、今から大根もちを作らなければならないから」

班目が、ぐっと言葉に詰まった。

「そうですよ、班目さん。点心問題は解決してないんですよ。それとも、班目さんの負けということでよろしいでしょうか？」

わざと丁寧語で尋ねる久美に、班目は恨みがましい目を向ける。

「いいわけないだろ。なんのために買い出しに行ったたか、わからんじゃないか」

ぶつぶつと恨み言を呟きながら、班目は手にぶら下げている袋から、大根もちの材料を取りだす。

大根、干しエビ、干し貝柱、干し椎茸、小ネギ、サラミ、ベーコン、ショウガ、塩、コショウ、ごま油。

「米粉と醤油はあるよな」

「うん、日本のものならね。インディカ米は常備してないんだ」

そう言いながら荘介が調理台に出したのは、和菓子に使ういつもの上新粉だ。

「荘介さん、大根もちの米粉は、インディカ米が普通なんですか？」

「点心の本場、香港ではインディカ米で作るのが主流なんだ。日本の米とは香りが違うよ」

班目も、自分が買ってきた材料を指して久美に向かって言う。

「サラミとベーコンも、さすがに中華料理用のものは近所では買えなかったな。今日は簡易版で我慢しよう」

久美は頷き、材料に口を寄せて、そっと囁く。

「荘介さんに美味しくない大根もちにされるなんてかわいそうだけど、どんなに美味しくなくても、今日は班目さんが全部たいらげてくれるからね。成仏してね」

荘介の眉がハの字に下がって、同情を誘う表情になる。

「久美さん、そこまで言わなくても……」

班目が荘介の肩を叩く。

「大丈夫だ、荘介。点心はおやつだ、きっと美味しく作れる」

「班目に応援されてもね」

荘介はため息をつきつつ調理を始めた。

干しエビ、干し貝柱、干し椎茸、ショウガ、サラミ、ベーコンを粗みじん切りにする。切った具材に料理酒と醤油をかけておく。

大根の皮を剝き、細切りに、ネギは小口切りにする。

「班目さん、大根もちって香港の料理ですよね」

「香港、広東《かんとん》、マカオなんかの、飲茶が盛んなところならどこにでもあるポピュラーなメニューだな。台湾《たいわん》の正月では大量に作って食べ続ける。材料は違うが、日本のもちと通じるところがある」

「本場で食べたことはあるんですか？」

「一度、取材でな」

仕事柄、なかなか遠くへ旅行しない久美は、面白くなさそうに唇を尖らせる。

「えー、うらやましい。そのときの記事はないんですか、荘介さん」

「ありますよ」

「なんで持ってるんだよ！」

班目の顔には、普段の余裕たっぷりの、人を食った笑みが浮かぶ余地はまったくない。

それを面白がっているようで、荘介はゆっくりとした口調で大切な思い出を語るかのように遠い目をしてみせる。

「記念すべき、班目の初めての海外取材だったから。ネット記事だったけど、ちゃんとプリントアウトして大事に取ってるんだよ」

「班目さん、お仕事で海外に行けるなんて腕を高く買われてるんですね」

久美の優しい眼差しを振り切りたいのか、班目は俯き加減に首を横に振った。

「だから、褒めるなって言ってるだろう。そういうのは本当にやめてくれ」

久美は人の悪い笑みを浮かべる。

「もしかして、照れてるんですか？」

「違う」

「ちょっと、顔が赤くなってますよ」

「なってない」

班目は久美から大きく視線をそらして天井を向く。たしかに顔色は赤くなく、どちらかというと青ざめているようにすら見える。二人のやりとりを、ちらちらと横目で見ていた荘介が、久美の言葉を止めようとするかのように口を挟んだ。

「今回は、香港風と台湾風、二種類を作ります」

班目は壁際の小さな椅子に体を押し込み、久美はすぐに調理台に寄っていく。

「香港と台湾では内容が違うんですか」

「今は香港風が主流ですが、台湾の家庭の味は少し変わることがあります。まあ、見ていてください」

フライパンを火にかけてごま油をひき、酒と醬油に浸けておいた具を炒める。

香りが立ってきたら大根とネギを加えて水が出るまでよく火を通す。

塩コショウで味付けをしたら、火にかけたままで上新粉を振り入れて、全体に粉を絡ませる。

粘りが出て生地がまとまってきたら、油を塗ったバットに入れて延ばす。

天面をきれいにならして、湯気が立つ蒸し器に入れる。

久美はひと段落ついた荘介に尋ねた。

「今作っているのは、どっちですか？」

「香港風です。具だくさんで濃い味付けです。蒸しあがるのを待っている間に、台湾風も仕込みますよ」

大根、干しエビ、上新粉、塩コショウ以外の材料はすべてかたづけてしまう。

干しエビをぬるま湯に浸けておく。

大根を擂りおろし、水気を切る。

「大根おろしを使うんですか」

「おろしておくと、より、もっちり感が出ます。台湾風は味が淡白なので、もちを意識するにはちょうどいいですよ」

フライパンに油をひいて干しエビを炒め、大根おろしを加える。

大根に透明感が出たら塩コショウで味をつけ、上新粉も混ぜて練る。

もう一つのバットに油を塗り、生地を入れてならし、蒸し器に入れる。

「蒸し器が二つとも稼働するのは久しぶりですね」

「いきなりまんじゅう祭り以来だね」

仲良く寄り添う二人を見て、班目は軽くため息をつく。

「この店は、祭りが多すぎるんじゃないか」

久美が不思議そうに言う。

「美味しいですよ、いきなりまんじゅう。さつまいもと小豆餡を一緒に小麦粉の皮で包むなんて、考えた熊本《くまもと》の人は天才に違いないですよね」

「美味いのはいいんだ。問題は量だ。いきなりまんじゅう祭りのときは一週間もいきなりまんじゅうばかり食って、もう少しで嫌いになるところだったぞ」

「またまた、冗談ばっかり。班目さんが食べ物を嫌いになるわけないじゃないですか。

いきなりまんじゅうだって、残り物まで食べてたくせに」

「そりゃ、本当に嫌いにはならんが。食欲が萎《な》えそうだっていう比喩としてくらい使わせてくれ」

憮然とした様子の班目に、荘介は軽い調子で言う。

「班目の食欲を他のものに例えるなんて、無理だと思うけど」

久美も頷く。

「同感です」

二人の真摯な表情に、班目はむっと顔をしかめる。

「俺は食欲の権化《ごんげ》か」

「だいたいそうだと思っています」

なにか言いたそうな顔はしたが、班目は「まあいい」と言って口をつぐんだ。

久美は蒸し器から立ちのぼる美味しそうな香りに鼻をひくつかせる。今にも踊りだしそうな雰囲気で、満面に笑みを浮かべている久美に、荘介が尋ねた。

「楽しそうですね」

「はい！　こんなに美味しそうな香りを嗅いで、わくわくしないわけがないです」

元気に答えた久美に、班目がにやりと笑ってみせる。

「久美ちゃんや、それは敗北宣言と見做《みな》していいのかな」

「敗北宣言？」

不思議そうにする久美を、班目は呆れ顔で眺めた。

「荘介が作った大根もちが美味かったら、それはおやつだ、食事じゃない。久美ちゃんの負けだろう」

久美はしばらく考え込んでから「あああ！」と叫んだ。

「美味しく作ったらだめじゃないですか、荘介さん！」

荘介は蒸し器から上る湯気を見ながらのんびりと言う。

「八百長の片棒を担ぐつもりはありませんよ」

「そこを曲げてなんとか一つ！」

「もう出来上がります」

両手を合わせた久美にすげなく言うと、荘介は蒸し器を火から下ろした。蓋を開けると、ますます良い香りが厨房に広がる。香港風に続けて台湾風の蒸し器も下ろし、蓋を開ける。

「あー、なんて美味しそうな香り」

久美が悲しそうに呟く。それを聞いているのかいないのか、澄まし顔で台湾風の大根もちを切りわけようとしている荘介に、班目が尋ねた。

「冷まさないのか？」

「台湾では蒸したてを食べる家庭もあると聞いてね。試してみよう」

包丁に油をつけてから台湾風の大根もちを少しだけ切りわける。小皿にのせてフォークをつけ、それぞれに手渡す。

「ああ……、なんて美味しそうなんでしょう」

芝居がかった口調で嘆きながら、久美は台湾風大根もちを口に入れた。もぐもぐと噛んで、首をかしげる。

「美味しい……、ような？」

一口で食べてしまった班目も、不可解な顔をする。

「美味いが……、なんだか違うな」

荘介も食べてみて「そうだね」と呟く。

「冷まそう」

荘介の提案に、二人は静かに頷きを返した。

大根もちが冷めるのを待つ間に、久美がプーアル茶を淹れた。

「飲茶と言えば、これですよね」

班目は目をつぶり、深く頷く。

「プーアル茶が一緒だと、いくらでも点心が入るよな」

その言葉に荘介が軽く首を横に振ってみせる。

「久美さんの目的は点心をたくさん食べることだけではなく、プーアル茶のダイエット効果で、たくさん食べたことをリセットする方を主にしていると思うよ」

久美は荘介の言葉を知らんぷりして班目に話しかける。

「班目さんがお仕事で行ったのは、香港だったんですか？　それとも台湾？」

「香港だ」

久美はまた唇を尖《とが》らせて「いいなー」と呟く。

「班目さんって、文章を書くだけじゃなくて写真も撮るんですよね」

「その方が仕事が増えるからな。香港の取材はネット記事だったから、写真が多くて結構、大変だった」

久美が班目のバックパックを指さす。

「そのときの写真、見せてくださいよ」

いつも入っているノートパソコンを出せと言っているのだが、班目は無視した。

「なんでそんなに自分の仕事を見られるのが嫌なんですか。じつは嘘ばっかり書いてあるとか？」

「俺が食べ物に関して嘘なんか書くわけがないだろう」

「そうですよね。じゃあ、なにが嫌なんですか」

班目は腕を組んで渋い顔をする。

「久美ちゃんは、諦めるということを身に付けた方がいいんじゃないか」

「今のところ、必要を感じていません」

班目は自分の方が諦めることにしたようで、深いため息をついて素直に話しだした。

「誰だって、いつもの自分を知ってるやつに、普段とは違うところを見られたら恥ずかしいだろう」

久美は首をかしげる。

「仕事をしている班目さんは、普段の姿じゃないんですか」

「一応、ちゃんとしてるつもりだ」

「普段はちゃんとしてないんですか」

「久美ちゃんはどう思うんだ」

んー、と唸りながら、久美は肯定するか否定するか悩んだ。班目はその間を読んで

「ほらな」と呟く。

　折々に見せる班目の真面目な姿も知っていて、ちゃんとしていないと言いきることもできない久美は、先ほどちらりと読んだ取材記事を思いだした。

「でも、記事を読んでも、いつもの班目さんと変わらないと思いましたよ。食べ物のことが好きで、研究熱心な感じが伝わってきました」

「だから、そういうのが嫌なんだよ。褒めるようなことはしないでくれ。いたたまれなくなる」

　班目の心理がよくわからない久美は、まだまだ質問し足りないのだが、いたたまれなくなるとまで言われると喋りづらくなってしまった。荘介に目をやると、のんびりと二人の会話を聞いているだけで、とくに口を挟むつもりはないらしい。

　それでも救いを求めて見つめ続けたが、荘介は久美に微笑んでみせて、大根もちの温度を確かめただけだ。

「そろそろ焼いていきましょうか」

　先ほど蒸しあがりを味見した台湾風から焼いていく。

　熱したフライパンにごま油をひいて、二センチほどの厚さで正方形に切りわけた大根もちをのせる。

じゅうっという音がして、揚げ焼きにされる食材たちの、複雑に混ざり合った香りが立ちのぼる。沸き上がる食欲に忠実に、久美は鼻を動かす。

「あああー、すごく美味しそう……」

香ばしい匂いに喜びながらも、敗色濃厚になったことを嘆くように久美が呟く。班目は勝ちを確信して胸を張った。

両面に焼き色がついたら皿に取る。箸を添えた皿を、三人はじっと見下ろした。

「とうとう決着のときだな、久美ちゃん。敗北宣言の準備はできたか？」

「ま、まだわかりませんよ。蒸したては美味しくても、焼き加減で美味しくなくなるかもしれません。美味しいのは見た目と香りだけかも……」

荘介は久美の苦悩などおかまいなしに箸を取ると、台湾風大根もちをひょいと口に入れた。

「ど、どうですか、荘介さん」

「うん。美味しいよ」

久美はがっくりと肩を落とし、だが、しっかりと箸を握った。

「いただきます」

ぼそりと言ってから大根もちを齧る。

「んー！　美味しい！」

先ほどまでのしょんぼりした姿が嘘のように、一瞬で満面に笑みが広がった。

「表面がカリッとしていて、香ばしい油のうまみがじゅわっと広がります。中はもちもちで、しっとりしていて、干しエビの香りが香ばしさを後押ししてます」

班目も、もちもちと嚙みしめて「美味い」と確信を持って言う。荘介は香港風も仕上げるべく、再度、包丁を握った。

香港風大根もちがフライパンに並べられ、じゅうっと音がすると、久美が鼻をひくつかせて首をかしげた。

「台湾風の方と香りが違います。香港風の方が濃厚です」

「干しエビだけじゃなくて肉類も入っているから、脂分が多いんだ。そのために、より香ばしさが増す」

裏面もカリカリに焼いて皿に移す。香港風大根もちの香りは、どっしりと重い。久美は、さっそく箸を取り、元気に大根もちに齧りついた。

「うん！　香港風も美味しいです」

班目が台湾風と香港風を食べ比べる。

「さっぱりした台湾風と、こってりした香港風。どちらも香ばしさと、もちもち感には変わりない。好みが分かれるところだよな」

　味だけでなく見た目も比べようと、皿を持ち上げてじっと見入る。

「同じように同じくらいの時間焼いても、焦げ目の付き方が違う。脂分が多いだけ、香港風の方が焼き色が付く。中に入った具材が多い分、香港風は色味も多い。台湾風は、干しエビの赤によって大根の白さが強調されて、見た目からも、もっちり感を後押ししているようだな」

　班目の分析はまだまだ続く。久美は荘介がそっと動いて班目の背後に回り、メモを取りだしたことに気づいた。班目は大根もちの研究に夢中なようで、荘介の動きにも久美の視線にも注意を払うことがない。大根もちを箸で薄く削《そ》いでみたり、もっちり部分とカリカリ部分をそれぞれ分けて食べてみたりしながら、ぶつぶつと感想を呟き続ける。

「班目さん」

　じっと見つめていた久美が、班目の皿が空になったのを確認してから呼びかけた。

「なんだ？」

「点心はおやつでしたね」

　班目は勝ち誇って、いつものにやにや笑いを浮かべる。

「そうだろう、そうだろう。俺の勝ちだな」

「負けました」

ぺこりと頭を下げる久美を見て、拍子抜けした班目はつまらなそうに言う。

「なんだよ、久美ちゃん。いやに素直じゃないか」

「班目さんの真面目な探究心を見ていたら、勝ち負けなんて大した問題じゃないって気づきました」

班目は鼻白む。

「探究心なんてないぜ」

荘介は書いていたメモを、そっと班目に手渡す。班目はメモを一目見ると奪い取り、荘介をにらんだ。

「なにしてるんだよ、荘介！」

班目がすごんでも荘介は飄々としている。

「せっかくプロの目で分析してくれたから、残しておこうと思って。次に大根もちを作るときの参考になるでしょう」

「俺の独り言なんかが、参考になるわけないだろう」

久美は首をかしげる。

「班目さんの感想はお仕事にできるくらい立派なのに、なんで『独り言なんか』って言うんですか？　すごくわかりやすいし、伝わってきますよ」

「だから、そういうのはやめてくれって言ってるだろう」

荘介は真面目な表情を浮かべる。

「班目は、少し慣れた方がいいよ」

「なにが」

ふてくされたような班目に、荘介は説いて聞かせるように言う。

「いつも一人で抱え込んでいたら、書けなくなったときに誰にも相談できないよ」

「書けなくなったりするかよ」

「絶対にないと言いきれる？」

班目は、ふいっと視線をそらす。

「定期的に掲載しているコラムの文章が、うまく出てこなくなる可能性はないの？　取材記事だって、伝え方に不安を持ったりしないって断言できるの？」

なにも言い返さない班目に、荘介はとても優しげだ。

「記事を褒められるのが嫌だというのは、自分が褒められることが嫌だっていうことじゃないの？　班目は自分の価値を認めてあげてないんじゃないの？」

班目の視線が揺れる。

「みんながみんな、お前みたいに絶対の自信を持って生きているわけじゃないんだよ。仕事に不安を持つなんて普通のことだ」

「僕だって不安になることはあるよ。でも、そういうときは誰かが助けてくれる。久美さんはいつだって正直に感想をくれるし、班目もなんでも食べてくれる。それはすごく僕の助けになっているよ」

　班目は居心地悪そうに身じろぎした。荘介は続ける。

「助けてもらったら、お返しをしたいじゃない。班目が僕たちを必要としてくれたら、僕も久美さんも嬉しいよ」

　班目の表情が少し緩んだ。

「結局のところが、俺のためじゃなくて、お前のために頼ってくれって。なんだよ、その理論は。荘介はもう少し、欲しいものに貪欲なところを改めろ」

「善処しようかな」

「そこは『善処します』だろう」

　班目は軽くため息をついて、メモを荘介に返した。

「お前が善処しても、俺は変われる気はしないぞ」

「班目はいつも一人で全部抱え込むから、自分の姿を直視することに慣れていないだけ

て成果を出しているか知ることができるよ」

「人に見られているっていう意識があれば、人の目が鏡になる。自分がどれだけ努力して成果を出しているか知ることができるよ」

「なんだ、それ」

訝《いぶか》しげに班目が呟く。

だよ」

「努力ねえ」

頭の後ろをぼりぼりと掻きながら、班目は苦笑する。

「じゃあ、少しくらい善処してみるか」

明るく言う班目に、久美は笑顔を向けた。

「班目さん、お仕事に真面目に取り組んでいるところを人に見られるのが恥ずかしいなら、普段から真面目にしていたらいいんですよ」

班目は、ぽんと手を打つ。

「それはいい考えだ、久美ちゃん。じゃあ、一つ、真面目に仕事をしているところを見てもらおう」

班目はバックパックを抱えて店舗に移動する。荘介と久美がついてきていることを確認してイートインスペースの一席に、どっかりと座り込んだ。テーブルいっぱいに資料を広げて、おもむろにノートパソコンを取りだす。

久美はその動作を一つ一つ確かめるように頷きながら見ていた。班目はなにかを待っているのか、動きを止めて久美をじっと見つめる。

「どうしたんですか、班目さん。お仕事、始めないんですか」

「久美ちゃん、今日は怒らないのか？」

「怒るって、なにをですか？」

「いつも俺がここで仕事してたら、角を生やして怒鳴るじゃないか」

久美は優しく微笑みかける。

「今日からは班目さんのために席を一つ開けておきます。いつでも人に見られながらお仕事してください」

いつもどおり、久美をからかうつもりだった班目は顔をしかめた。

「いやいやいやいや、それじゃあ、営業妨害になるだろう。追いだそうぜ」

「いいんです。存分にお仕事なさってください。見守りますから」

班目は椅子を鳴らして立ち上がると、広げた資料を掻き集めてバックパックに戻そうとした。荘介から取り上げた雑誌の束が邪魔になって、なかなか押し込めず苦労しているのを、久美はやはり、じっと見つめる。

「見るなよ！」

子どものように怒る班目に、久美は噛んで含めるように言う。

「それじゃあ、練習になりませんよ。恥ずかしさを克服しましょう」

班目は微笑みを浮かべる久美と、その隣で頷いている荘介を代わる代わる見て、怒りからか恥ずかしさからか、顔を真っ赤にした。

「恥ずかしいわけじゃないぞ。嫌なだけだからな」

「わかってますよ。大丈夫ですから、さあ、練習してください」

「わかってないじゃないか！」

小さな叫びを残して、班目はドアベルをガランガランと音高く鳴らして逃げだしていった。

「あらら、帰っちゃいましたね」

「少し、からかいすぎましたか」

久美は不思議そうに荘介を見上げる。

「からかってなんかいませんよ」

「そういう、素でとぼけたところが、久美さんのいいところですよね」

「それって褒めてます？」

「もちろん。なんなら、もっと褒めましょうか」

いつも真正面から褒めちぎる荘介に赤面させられている久美は、さっと顔をそらして、なにものっていないテーブルをかたづけるふりをした。

「久美さんは努力家で、素直で、一生懸命なところがとてもいい。有能で頼れるし、リーダーシップもあると思う」

放っておくといつまでも褒めちぎられそうな様子にいたたまれなくなった久美は、班目が逃げだした気持ちが少しわかった。

「そうそう。最近はずいぶんと乙女な部分が増しているよね。かわいいものを集めたり、スカートをはいている率が上がってる」

バレていないと思っていた乙女部分を指摘されて恥ずかしさが頂点に達した。久美は、いつものように怒鳴りつけて黙らせようと荘介をにらみつけた。荘介は嬉しそうに久美の表情を観察している。久美は怒鳴りだす一歩手前で、ぐっと踏みとどまった。

わざと怒らせてからかう荘介の恥ずかしポイントを探りださなければ、いつまでもからかわれ続ける。ここは我慢だ、練習だ。自分を観察されて指摘されることにも、きっと慣れることができるはずだ。

「荘介さん。私、決めました」

怒りださない久美を、荘介は不思議そうに見つめる。

「なにを決めたんですか」

「乙女な私を見つめます。誰に見られても恥ずかしくないように、しっかりと」

ぐっとこぶしを握って宣言した久美は、その手を開いてひらひらと躍らせた。

「それはなんですか？」

「知りませんか？　流行ってるんですよ。乙女チックなアイドルグループの振り付けです」

荘介は苦笑する。

「そういう面白いところを見られることにも、慣れてもいいのかもしれないけれど。ちょっと方向性が違うよね」

久美はむっと唇を尖らせる。

「せっかくがんばるって言ってるのに、応援してくれないんですか」

「久美さんがアイドルになってしまったら困りますから。世界に羽ばたかずに、いつまでもこの店にいてください」

からかっているのか本気なのかわからない荘介の言いように、久美はまた少し腹立たしさを感じる。荘介の恥ずかしポイントを見つけて逆襲したい、いつか看破してやると力んでいることも読まれてしまっているのではないかと感じる。それはそれでまた腹立たしい。

「いつか必ず成し遂げますから！」

なにを成し遂げると言っているのかわからず、きょとんとする荘介をよそに、久美は荘介を恥ずかしがらせることを心に誓った。

いつまでも君とマカロン

「……こんにちは」

突然聞こえた声に驚いて、久美は勢いよく振り返った。ドアベルを鳴らさないようにそっと開かれたドアの隙間から、常連の王愛玉《わんあいゆー》が顔を覗かせていた。

「王さん、いらっしゃいませ」

元気よく言う久美に、愛玉は「しーっ」と口の前に指を立ててみせる。

「イケメンはいますか？」

「いえ、今は放浪中です」

荘介不在を伝えると、愛玉はほっとした様子でカランカランとドアベルを鳴らして扉を大きく開いた。

「良かったです。今日はどうしても月餅気分でしたので」

機嫌よく焼き菓子の棚を覗く愛玉のために、久美はジャスミンティーを淹れる。

「今日は店内でお召し上がりですか？」

愛玉は辺りをうかがうスパイのような鋭い視線で店内を見回す。シャープな雰囲気の愛玉が生みだす引きしまった空気が辺りに広がる。

「イケメンが出ていってからどれくらいの時間が経っていますか？」

「まだ一時間くらいです」

「では、大丈夫ですね。こちらでいただきます」

くるみ入りの月餅を選んだ愛玉は、支払いを終えると椅子に腰かけてお茶を飲み、月餅をパクついた。

「王さんのイケメンアレルギーはまだ治らないんですね」

「最近、少しはましになったかと思うのですが、こちらのイケメンの威力はすごいじゃないですか。抗アレルギー剤も効果がありませんのです」

「え、お薬を飲んでいるんですか？」

「いいえ、抗アレルギー剤は薬ではありません。これです」

愛玉は首に下げているロケットタイプのペンダントを、ぱかっと開いた。中には小さな絵が納められている。大きな赤い目で背中にとげがあり、二本足で立つ不気味な生き物の絵だ。

「なんですか、これ」

久美がペンダントを覗き込んで尋ねると、愛玉は嬉しそうに答えた。

「チュパカブラです。UMA《ユーマ》なのですよ」

「UMAですか？」

「はい。未確認生命体のことです。未確認のものというと、ネッシーや雪男もいますでしょう。いえ、間違いました。ネッシーは偽物だと判定されたのでした。とにかく、未確認飛行物体はUFO、生命体だとUMA」

久美はふむふむと頷きながら聞いている。

「チュパ……。えっと、その難しい名前のUMAは、どこで見られるんですか？　日本にはいませんよね」

「南米なのですよ。動物の生き血を吸うのです。家畜や人が襲われています」

久美は小首をかしげて尋ねる。

「人が襲われてるんですか？　そんなに大変な被害が出ているのに、未確認なんて。誰も見ていないうちに襲って、誰にも見られずに逃げたんでしょうか」

愛玉は神妙な表情で頷く。

「目撃情報はさまざまにあるのです。でも、つかまえた人はいません。なので本当にチュパカブラなのか確認できないのですね。他の動物を見間違えているのかもしれない。偽物の写真も多いので怪しいのです」

「それで、なんでチュパなんとかの絵がイケメンアレルギーに効くんですか？」

愛玉は愛おしそうにペンダントの中の絵を見つめる。

「不細工だからです。イケメンから受けたダメージを癒してくれます」

久美はもう一度、つくづくとペンダントを覗き込む。たしかに、イケメンとはほど遠い姿をしている。

「王さんは不細工な生き物がお好きなんですね」

「はい。ぶさかわいいものは、宝ですね」

愛玉は名残惜しそうに、もう一度ペンダントの絵をじっと見つめてから、パチンと蓋を閉めた。

そのとき、カランカランとドアベルが鳴り、愛玉は、はっとドアの方に鋭い視線を向けた。不倶戴天《ふぐたいてん》のイケメンである荘介が帰ってきたのかと身がまえ、すぐにでも逃げ出せるようにと腰を浮かせる。だが入ってきたのは、ひょろりとして猫背の、チェックのシャツをズボンにきっちりインした、ファッションにまったく興味が無さそうな青年だった。

「あ、王さん。こんにちは」

「藤峰《ふじみね》くんでしたか。良かったあ」

常連仲間の愛玉に明るく挨拶した藤峰透《とおる》は、遠慮なく愛玉の向かいの席に座る。

「なにが良かったんですか？」

「えーとですね」

口ごもった愛玉の代わりに、藤峰とは高校からの付き合いで遠慮のない久美がずばりと言った。

「入ってきたのがイケメンじゃなくて良かったっていう話よ」

藤峰がイケメンではないという事実をはっきりと言いきられて、愛玉は申し訳なさそうに、藤峰は悲しそうに、二人とも俯いてしまう。久美は愛玉を困らせたことに慌てて、ごまかそうと言葉を継いだ。

「王さんは不細工なものがお好きなんだって。だから、藤峰に会えて良かったとよ」

できるだけ場を和ませようと博多弁を使う久美を、藤峰はうらめしそうに見やる。

「僕が不細工なことは自覚してるけど、そこまではっきり言うことないじゃないかあ。毎日、自分で鏡で確認してるんだから」

愛玉もフォローしようと久美と藤峰を交互に見る。

「そんなに不細工ではないですよ。ねえ、久美さん」

「そうですよね。ちょっと個性的な顔立ちなだけで」

藤峰は深くうなだれた。

「もういいです。これ以上、傷をえぐらないでください」

愛玉は力足らずで慰めることができないことを嘆くかのように、しょんぼりと窓の方に顔を向ける。

久美は申し訳なさをごまかすために、マグカップになみなみとお茶を注いで藤峰に出してやった。

「なに、これ」

「ドクダミ茶。ほら、飲んで元気を出ししんしゃい」

藤峰は出しかけていた手を、さっと引っ込めた。

「またあの苦いお茶！　なんで久美は苦いお茶ばっかり飲ませようとするのさ」

「健康にいいとよ。肌荒れに抜群に効くんやけん」

藤峰は自分の両頬を押さえた。

「僕、肌荒れしてる？」

愛玉が軽い調子で「ぼろぼろです」と返事をした。

「そんなに……」

藤峰は深く傷ついた様子で顔を伏せた。責任を感じた愛玉が助けを求めて久美を見上げる。

その視線を受けた久美は、藤峰の気分を変えられる、とっておきの話題を振ることにした。

「陽《よう》さんは元気？」

途端に藤峰の全身に力がみなぎったのを感じて、安心した愛玉は視線を戻した。元気よく顔を上げた藤峰は、猛烈な勢いで喋りだす。

「もちろん、元気だよ。昨日も美しい輝きを放っていたよ。陽さんの美しさは健康からもきているからね。もちろん、元気がなくても美しいんだけど、僕がいる限り、陽さんに悲しい思いはさせないから、いつでも陽さんは元気で美しいのさ」

あまりに早口でよく聞き取れなかったが、「陽さんは美しい」と言っていることだけは理解できた。いつも恋人の星野《ほしの》陽のことを語ると元気が出る藤峰だが、今日はますます血気盛んだ。久美は黙って頷いてやる。

藤峰はまだ語り足りないようで、マシンガンのように言葉を連射し続ける。

「今日もこれから待ち合わせなんだけどさ。今朝、電話で起こしてもらったときの声も美しかったよ。陽さんの声を布団の中で聞けるのは至福だよ。目が覚めても、陽さんの声を聞くまでは動く気になんてなれないね。そうやって、毎朝お互いの健康状態まで確認できる。だから、今日もとっても元気だったさ。僕たちは顔を見なくてもお互いのことが手に取るようにわかるからね」

そこまで言って、やっと気分が落ち着いたらしく、マグカップを手に取った藤峰に愛玉が尋ねた。

「昨日も会って、今日は電話をして、またこれから会うのですか。なにか二人で忙しい用事があるのですか？」

「いえ、用事はとくにありません。いつもどおりに、普通に会っているだけですけど」

「藤峰、もしかして毎日、陽さんと会いようと？」

「うん。そうだよ」

「大学には、いつ行きようと？」

「陽さんと会っていない時間に行ってるよ」

久美は甘いものと間違って渋柿を食べたかのような不可解な顔をした。藤峰はその表情をまじまじと見つめる。

「その顔、不細工だね」

「失礼やね！　誰のせいでこんな顔したかわかっとうと？」

「え、もしかして僕のせい？」

愛玉がぽそりと言う。

「それ以外のなにがありますか」

藤峰は二人の顔を見比べて首をかしげた。

「僕、なにか変なこと言った？」

久美は大きなため息をついた。

「前から一度、聞きたいと思いよったとよ。藤峰は、将来どうするつもりなん」

「どうするって、なに」

「そんなに陽さんにベッタリで。今は大学四年やけん時間もあるやろうけど、就職したら仕事に時間を取られるとよ。そろそろ考えんといけんやろ」

高校時代からの腐れ縁なりに藤峰のことを気にかけている久美は、椅子に座り込み、お小言モードに入った。

「藤峰は仏教学っていう特殊な学問しとるんやけん、就職先も限られるっちゃない？お坊さんになるわけやないんやろ」

「もちろん、違うよ。僕に僧侶なんて無理だよ」

「じゃあ、どうするか考えとうと？」

「うん、まあ」

藤峰は勢いよく、ぐるっと首を回して顔を背けた。久美の目に冷たい光が宿る。

「なんも考えとらんやろ」

久美の低音の質問におののいて、藤峰の視線がさまよった。だが、意外なことに、きちんとした答えが返ってきた。

「考えてるって。資格も取ってるんだよ、学芸員とか、教員免許とか、簿記とか、漫画能力検定とか、賞状書士とか、速記技能検定とか、きき酒師とか、歴史能力検定とか、英検とか、秘書検定とか、フォークリフト免許とか、大型自動車免許とか、ボイラー技士とか」

愛玉が感心した声を上げる。

「藤峰くんは勉強熱心なのですね。そんなにたくさん資格を取るならば、試験勉強も大変でしたでしょう」

褒められて藤峰は、ぐにゃりと身をよじる。

「いえ、そんな。昔から勉強だけは好きでして」

久美が深く頷く。

「本当に。こんな顔して成績だけは学年でも上位だったんですよ」

「顔は関係ないだろ。隙を見つけては精神攻撃するの、やめて」

藤峰の訴えはさらっと無視して、久美はさらにお小言を続ける。

「でもね。資格があっても実践で活かせなきゃ、なんにもならんとよ。そこのところ、しっかり対応できるとね」

藤峰はまた、思い切りよく壁の方に首を回す。久美は追及の手を緩めない。

「勉強はできても、日常生活やら社会貢献やら、まったくちゃんとしてないやん。陽さんにモーニングコールしてもらうまで布団の中って、意味わからんし。目が覚めたなら有意義な活動をしつつ電話を待ったらいいやろ」

「そんなの、モーニングコールじゃないじゃないか」

「朝の電話なんやから、モーニングコールやん」

「そう言えばさ、モーニングコールって言うよりも、朝の電話なら、モーニングテレフォンの方があってるよね」

「藤峰くん、そういう話をしているのと違いますよ」

愛玉がやんわりと、わざと話を脱線させようとしている藤峰をただした。久美は「ふん」と言って胸を反らす。

「そもそも、モーニングコールを始めたのは、藤峰が寝坊ばかりで単位が危なかったからなんやろ。そこまで陽さんに甘えていいと？」

藤峰は、これ以上回らないくらい首を回して視線をそらす。

「陽さんは自立した大人の女性やけん心配ないやろうけど、藤峰は陽さんにべったり依存しとるやん。重すぎるって理由で振られたら、生きていけると？」

藤峰は、がばっとテーブルに両手をつくと、久美の方に身を乗りだした。

「無理だよ！　陽さんなしで生きていけるわけない！」

「だったら少しは離れる時間を作って、なんとか一人立ちできるように努力して。せめてそう見えるようにだけでも、過ごし方を変えた方がいいんやない？」

「でも……、僕にそんなこと無理だよ」

やってみもしないで嘆く藤峰を叱りつけようと大きく息を吸った久美を、愛玉が笑顔で止めた。

「大丈夫ですよ。お二人は甘々でべったりですね。でも、それは悪くないと私は思います」

藤峰が、ぱっと笑顔になる。

「本当ですか？」

愛玉は至極、真面目だ。

「そうだと思います。お二人はマカロンのような恋人です」

「マカロンのような、ですか？」

久美が尋ねると、愛玉は笑顔で頷いた。

「甘くてかわいいです。べったりで、でもさっくり」

藤峰が眉間に人差し指をあてて「えーと」と呟く。

「それは褒めてもらっているんだろうなとは思うんですが。どういうことなのか、今一つわからないといいますか、さっぱりといいますか、なんといいますか」

「え、わからないですか。マカロン、今日はありますか？」

愛玉はショーケースに目をやる。

「あいにく、今日は並べていないんです」

久美が申し訳なさそうに言うと、愛玉は軽く頷いてみせた。

「フランス菓子だから、いつもはないのですか。作り置きはしないんですね。美味しいのに残念です」

突然、厨房から荘介が顔を出した。

「ご注文いただければ、すぐにお出ししますよ」

「出たな、イケメン！」

愛玉は眩《まぶ》しいライトをあてられたかのように、両手で顔を覆った。その腕にぷつぷつと鳥肌が立つ。あまりにも激しい反応に驚いた久美が叫ぶ。

「王さん、チュパなんとか！　チュパなんとか！」

ハッとした愛玉が胸元のペンダントの蓋を開けた。

「チュパカブラ！」

一声叫んで、まじまじとチュパカブラの絵を覗き込む。すると、腕に出ていた鳥肌がすっと引いた。

久美がほっと息をはくと、藤峰が恐々と尋ねる。

「久美、チュパカブラって呪いの言葉かなにか？」

「王さんが誰に呪いをかけるとね。失礼にもほどがあるやろうもん」

叱られて肩を縮めた藤峰に、荘介が「UMAの名前だよ」と教えてやる。

「王さんはUMAがお好きなんですね」

荘介が話しかけても、愛玉は答えることなくペンダントを握り締めている。その手が小刻みに震えていた。

久美が気づかわしげに愛玉の顔を覗き込む。唇も小刻みに震えて、今にも叫びだしそうだ。

「荘介さんは厨房に引っ込んでいてください、ご迷惑になります」

「はい」

久美に言われて、いつものことで慣れている荘介は大人しく厨房に入っていく。しばらく俯いていた愛玉は「チュパカブラ、チュパカブラ……」とぶつぶつ呟きながら顔を上げた。

「王さん、大丈夫ですか？」

愛玉は輝くような笑みを浮かべた。

「やりました。チュパカブラはイケメンに勝ちました」

「良かったですね！　これで荘介さんを怖がらなくてもいいですよね」

愛玉は自信なげにではあったが、そっと微笑み頷く。

「それで、マカロンのご注文はどうしましょう」

久美が尋ねると愛玉は、今度はすぐに頷いた。

「マカロンを作ってください。イケメンを厨房に縛り付けるために」

強い口調で愛玉が言うと、「かしこまりました」と厨房から荘介の声がした。愛玉はまたペンダントを握り締めた。その姿を、藤峰が不思議そうに見やる。

「王さんは、どうしてそんなにイケメンが嫌いなんですか」

愛玉はチュパカブラを見つめながら、悲しそうに答える。

「イケメンが嫌いなわけではないのです。肌がかゆくてかゆくて、しかたなくなってしまうだけなのです」

久美もつねづね疑問に思っていたことをぶつけてみる。

「産まれたときからアレルギーだったんですか？」

「いいえ。子どもの頃は平気でした。発症したのは学生の頃です。おそらくですが、イケメンを過剰に摂取してしまったのが原因ではないかと思うのです」

「イケメンの過剰摂取？」

なんのことやらわからず、久美と藤峰は顔を見合わせた。

「はい。私はずっと女の子ばかりの学校だったのです。そこで演劇部に無理やり入らされました」

愛玉の職業が書道家だと知っている久美は驚いた。

「書道部じゃなかったんですか」

愛玉は悲しげに頷く。

「できることなら書道部員になりたかったです。でも、演劇部の先輩は押しが強すぎました。とても断れなかった」

藤峰が共感を示す。

「あ、いますよね、そういう人。ここにも一人」

指さされた久美は、ぎろりとにらんで藤峰を黙らせた。

「私は口下手で言葉がなかなか出ない性格でしたから、押し切られました。そして、男役専門の役者にされました」

背が高くスレンダーな愛玉は、男装したら映えるだろうと久美は納得した。

「鏡の前で練習するたび、イケメンのふりをすることに疲れていったのだと思うのです。その気持ちが高まってしまった末に……」

「イケメンを拒絶する反応が出たんですね」

久美が同情を込めて言うと、愛玉は寂しそうに肩をすくめた。

「書道部に入っていたら、こんな苦労はしなくて済んだはずです。でも、すべては私の口下手のせいなのです」

藤峰が口を挟む。

「僕と陽さんのことがマカロンだっていうのも、うまく説明できませんもんね」

失礼な言い様を、久美は藤峰のすねを蹴とばすことで注意した。声も出せず悶絶《もんぜつ》している藤峰をよそに、久美は愛玉に向きあう。

「目は口ほどにものを言うって言いますけど、当店のお菓子は口以上に気持ちを伝えることだってできますから、任せてください！　どのくらい進んでるか、ちょっと見てきますね」

明るく言って久美は厨房を覗いた。荘介は材料を並べた調理台で、卵白を泡立てている。

「荘介さん、進捗《しんちょく》はいかがでしょうか」

「順調ですよ」

卵白にグラニュー糖を加えて角が立つまで泡立てると、フランボワーズのパウダーを振りかけて赤く染める。

そこにふるっておいた粉砂糖、アーモンドプードル、バニラシュガーを少しずつ足していく。

オーブンの天板にワックスペーパーを敷き、生地を絞り出し袋に入れて、円形に絞りだす。

それを乾燥させる間にカスタードクリームと、フランボワーズパウダーで色付けしたバタークリームを作り、合わせておく。

生地を短時間、高温で焼いて取りだし、網の上に並べて冷ます。完全に冷めたら二枚一組にし、間にクリームを挟む。

久美は厨房と店舗を行ったり来たりしつつ来店客をさばきながら、甘い香りが厨房内にあふれるのを胸躍らせて見ていた。

店舗では、愛玉と藤峰がUMA談義に花を咲かせ、こちらも和む風景で、久美は店中に広がる幸せな気分を堪能した。


出来上がったマカロンを皿にのせた荘介が厨房から出てこようとしていることに気づき、久美は慌てて押し戻す。

「チュパカブラのポスターを張らない限り、王さんがいるときは店舗に出てこないでください。王さんと遭遇しないように気を付けて」

荘介は久美に皿を手渡しつつ、しょんぼりと肩を落とす。

「遭遇って……。僕をUMA扱いしないでほしいです」

久美は聞こえなかったふりをして、二つの皿をテーブルに運んだ。藤峰が自分の皿からマカロンをひょいと取り上げて、しげしげと眺める。

「それで、これがどうして僕と陽さんなんですか」

愛玉もマカロンを手に、説明を始めた。

「こちらの半分が、藤峰くんとします。そうすると、逆側の半分が陽さんという藤峰く

ん の恋人さんです」

恋人という言葉に照れてぐにゃぐにゃと身をよじる藤峰に向けた久美の視線が、不気味なUMAを見るものに変わる。愛玉はそんな二人にもかまう余裕がないほど、一生懸命に説明しようとする。

「二人はいつも一緒にいたいのですよね。だから二枚で一つのお菓子です。でも、そのままくっつけると、この生地はべたっとしているので、くっついて離れなくなってしまうでしょう」

愛玉はマカロンの表面のカサカサした感触を撫で、少し押してみて生地の内側の粘り気を確認する。

「そこで、二人の間にはクリームがあります。このクリームが二人のくっつきすぎを防ぎます」

久美と藤峰は困った様子でちらちらとお互いをうかがいあう。

「わかりました？」

愛玉に聞かれて久美は申し訳なさそうに小さく頭を下げた。

「すみません、よくわからなくて……」

「あー……」

愛玉は悲しげにマカロンを皿に戻した。藤峰が慌てて口を開く。

「えっと、そうだ。クリームがあるから、生地はわかれても平気だっていうことですよね！」

そう言いながら生地をつかみ、二枚に剝《は》がそうとしたが、生地はもろもろと崩れてテーブルに散った。

「あああ、僕と陽さんが粉々に！」

強いショックを表した藤峰を見て、愛玉もうろたえた。

「大変です、マカロンは恋人同士の例えにしてはいけませんでした」

「藤峰、小さいことでおろおろせんで、しゃきっとせんね、しゃきっと」

久美に叱られても藤峰の泣きそうな表情は変わらない。よほど愛玉の言葉を真正面から捉えたのだろう。

藤峰が思い込みが強い人間だと知っている久美は、どうやったら落ち着かせられるかと頭を抱えたくなった。

「恋人同士にぴったりのマカロンを作りましょう」

再び、厨房から荘介の声が聞こえた。姿は見えないのに、それでも愛玉はまた急いでペンダントを開けてチュパカブラと見つめあう。

「美味しいけれど崩れないマカロン。いかがでしょう」

藤峰が鼻をすすりあげながら厨房に向かって答える。

「お願いします！　僕と陽さんを救ってください！」

大げさな注文に荘介は、生真面目に「お任せください」と答えた。荘介はそのまま厨房の奥に引っ込んだようだ。騒動が落ち着き、店内はやけに静かだ。

そんな中、顔を伏せてチュパカブラから目を離そうとしない愛玉と、涙目で今にも鼻をたらしそうな藤峰の処遇に困って、久美は厨房に荘介の様子を見にいった。

「荘介さんの出現で事態は混迷を極めました」

「そんな他人行儀な言い方をせずに、『大人しく引っ込んでいてください』と言ってもいいんですよ」

「さすがに店長相手にそれは。それに、作るんでしょう。解決策になるマカロン」

「もちろんです。僕のお菓子で不幸になる人がいるなんて耐えられません」

きりっと言いきる荘介は頼もしく、久美は安心して店舗に戻った。

新種のマカロンの材料は先ほどとほぼ同じだ。

卵白、グラニュー糖、アーモンドプードル、バニラシュガー、フランボワーズパウダー。

クリームに使う卵黄、牛乳、薄力粉、バニラビーンズ、バター、そこに先ほどは使わなかった生クリームと、ピスタチオのパウダーが加わる。

生地の作り方も先ほどと同じだ。

卵白を泡立て、色付けする。

ふるっておいた粉類を少しずつ混ぜ込んでいく。

ただし、今回はフランボワーズの赤と、ピスタチオの緑、二種類の生地を作る。

絞り出し袋で生地を丸くして乾燥させ、短時間、高温で焼く。

カスタードクリームとバタークリームを作って合わせ、さらに生クリームを泡立ててふわりと練り込む。

クリームは色付けせず、淡い黄色だ。

生地を冷まして、赤い生地と緑の生地をそれぞれ別の皿に盛り、クリームも別皿にのせてテーブルに運ぼうとした荘介を、久美が止めた。

「厨房にいてくださいってば」

大人しく厨房に引っ込んだ荘介から受け取った三つの皿をテーブルに並べる。赤の皿、緑の皿、クリームの皿。それと二枚の取り皿も運ぶ。愛玉と藤峰は不思議そうに手許に置かれた取り皿を見下ろした。

「赤と緑の生地でクリームを挟んでみてください」

厨房から荘介の声がして、愛玉はぶるぶると震えだした。久美が落ち着かせようと腕に触れると、弱々しくだが微笑んだ。一方の藤峰は生地をくっつけたり、離したりして崩れないことを確認する。

「良かった、崩れない！　これなら僕たちも安心してくっつけます」

厨房から声だけがやって来る。

「生地のもろさに影響しないよう、クリームをやわらかくしました。その分、生地にクリームの水分が滲《にじ》みやすいですが、別々にお出しして食べる直前に挟んでいただくことで、マカロン独特の食感を損ないません」

愛玉が自ら組み立てた赤と緑のマカロンをぱくりと齧る。

「二色一緒に食べましたが、赤い味がします。フランボワーズが強いですね」

藤峰も一齧りしたが、愛玉の言葉に首をかしげた。

「どちらかというと、ピスタチオの風味が強いと思うんですけど」

愛玉も藤峰もしっかり味わおうと次の一齧りを丁寧に嚙みしめる。

「やはり、フランボワーズの勝ちです」

「僕は緑が勝ってると思います。久美はどう思う？」

藤峰に勧められて、久美もフランボワーズとピスタチオの生地でクリームを挟んでマカロンを組み、半分を齧りとる。

「どちらかというと赤だと思うんやけど」

厨房から荘介の楽しげな声がする。

「次は赤と緑、上下を逆にして食べてみてください」

言われたとおりに赤と緑を裏返して口に入れて、久美は「ん！」と唸った。

「味が変わりました、緑の勝ちです」

愛玉が楽しげに言う。

「これで引き分けです。一個で二度楽しめるんですね」

荘介の声がさらに明るくなる。

「この味わいの違いは、味覚について香り成分がどう働くかという問題なんです。鼻が詰まったときに味を感じられないなどという風に、嗅覚が味覚に関係していることはよく知られています。舌や口蓋に味覚を感じる器官がありますが、その機能が判別するのは、甘味、塩味、酸味、苦味、うま味の五種類だよね。それとは別に、喉から鼻腔に抜ける香りが味わいに影響しているんだ。食べ物から感じる香りには二種類あって、鼻から嗅ぐものをオルソネーザル、咀嚼して飲み込むときに感じるものをレトロネーザルと……」

荘介が滔々《とうとう》と語る声にアレルギー反応が起きたようで、愛玉が肌を掻きだした。それに気づいた久美が慌てて荘介を止めにかかる。

「荘介さん」

「なんでしょう」

「長話に王さんが耐えられません、端的にお願いします」

「口の中の湿気と温度で香気成分が蒸発して香りを感じます。ですので、より湿度がある舌に付いた方の香りを強く感じたんでしょう」

蘊蓄を語ることに満足したらしい荘介が黙り、愛玉はチュパカブラに頼ることなく鳥肌を鎮めた。

「王さん、大丈夫ですか」

心配気に尋ねる久美に、愛玉は頷いてみせた。

「次はチュパカブラの鳴き声も準備してから来ます」

「お手数をおかけします」

女性二人の苦悩に気づかぬようで、藤峰はもう一つ、二色のマカロンを組んだ。先ほどとは反対に、上下を返して齧る。

「王さんが言ったとおり、赤が下だとフランボワーズが先に来て、ピスタチオは後ろについてきてる感じがする」

「後ろについてくるっていうのが、陽さんにくっついてる藤峰みたいやん」

「僕が緑で陽さんはフランボワーズの赤……。赤いマカロン、陽さんの名前にふさわしいよ！」

藤峰は齧りかけのマカロンを目の高さに上げて、うっとりと見つめる。その横で愛玉はピスタチオ生地だけで一組作って食べてみていた。

「緑だけのマカロンは完全にピスタチオ味ですが、藤峰くんにふさわしいかはわかりませんね。美味しいですから」

「え、それは僕が美味しくなさそうという意味でしょうか」

「あれ？　私はそういうことを言いましたか」

不思議そうに久美を見上げた愛玉に、久美は頷きを返す。

「無意識に真理をついた言葉だったと思います」

「失敬だな、久美は。僕だって美味しいんだよ」

久美は嫌そうに顔をしかめたが、一応、聞いてやることにした。

「美味しいって、どこが？」

「えーっと……」

勢いをなくした藤峰が考え込んでいるうちに、愛玉はさっさとマカロンを食べ終えた。藤峰のために残された赤と緑の生地一枚ずつとわずかなクリームを見つめながら、藤峰は考え続ける。

久美が愛玉にコーヒーを注いだついでに、マグカップにもどくだみ茶のお代わりを注いでやっていると、藤峰が「わかった！」と叫んだ。

「どこが美味しいかわかったのですか？」

愛玉が尋ねると、藤峰はきりりと表情を引き締めて首を横に振った。

「わかったのは、マカロンのことです」

「はあ。マカロンが美味しいということは知っていますです」

「そうじゃなくて、王さんが、僕と陽さんはマカロンだって言ったじゃないですか。それで、荘介さんが作ってくれたこのマカロンが答えです。あれって、二つで一つだけど、一つで二つでもあるっていうことだったんですよね！　つまり仏教でいうところの一如であり、全一とも言えるわけですよね！」

愛玉は申し訳なさそうにしながら肩をすくめる。

「ごめんなさい、よくわかりません」

「あれえ……」

藤峰がいつもより情けない表情になる。久美はその顔に同情して、、救いの声を求めて厨房に向かった。

「荘介さんは藤峰の言いたかったこと、汲み取れました？」

はっとした愛玉がチュパカブラを見つめる中、荘介の声だけが店舗まで届いた。

「藤峰くんは陽さんと離れていても、一緒にいても、本質は変わらないと言いたいのかな」

「そうです！　さすが、荘介さん。僕のことを理解してくれてる！」

厨房で荘介が迷惑そうに眉をひそめた様子を、久美だけは見ていた。そんなことは知らずに、藤峰は楽しそうに喋り続ける。

「僕と陽さんがマカロンであることは疑いようのない事実なんです。甘くてとろける二人なんです。僕たちの間には思いやりという名のクリームがあり、裏表なんか関係なくて、いつでも美味しく……」

いつまでも続けそうな藤峰の言葉を遮って、久美は首をかしげて質問する。

「それで、二人のマカロンの本質って、なんね」

片手を胸にあて、もう片方の手を遠く差し伸ばして、歌うように藤峰が言う。

「愛だよ。それは愛だよ」

「なんで二回言ったと」

久美の突っ込みに愛玉が答える。

「大切なことは二回言うそうですよ。かなり昔のことですが、なにかのコマーシャルで言っていました」

久美は真面目な愛玉にどう相槌を打てばいいのか思いつけず、曖昧に頷いた。藤峰はそんな二人にはおかまいなしで愛を歌い続ける。

「僕たちの愛は一つ、けれど二つ、二人でいれば二倍楽しい人生を送れるんだよ」

「そうやね、離れていても二人はマカロンっていうことで問題は解決やん。これで安心して陽さんと離れて就職できるったい」

藤峰はきょとんとして手を下ろした。

「僕、就職しないけど」

「え、もしかして専業主夫することになっとうと？」

「違うよ。僕は大学院に行くから、まだ学生なんだ」

久美はあっけにとられて口をあんぐりと開けた。愛玉は少し寂しそうに呟く。

「今までの苦労はなんだったのでしょうね。マカロンのこともいらない話でした。余計なことを申しまして、すみません」

藤峰が慌てて両手を振って、頭を下げそうになっている愛玉を止める。

「こっちこそ、すみません、すみません！　僕が早く言わなかったからです。謝らないでください」

「そうですよ、王さん。悪いのはいつでも藤峰ですから」

「そうなんです、いつも僕なんです」

愛玉は慰められたことを感謝するように、微笑んだ。

「藤峰くんは優しいですね、一生懸命で。きっと良い学問を修めますね。いつかはピスタチオに負けず、美味しい実をつけるでしょう」

褒められて照れる藤峰に久美が尋ねる。

「専攻はやっぱり仏教学なん？」

「そうだよ、もちろん。僕から仏教学を取り上げたら、陽さんしか残らないよ」

愛玉は藤峰の言葉の後半は、そっと無視した。

「藤峰くんは本当に勉強が好きなんですね」

「うーん。勉強も好きですが、仏教が大好きなんです。人生を懸けるべきものと思ってます」

　愛玉は静かに頷く。

「私も人生を懸けるものを持っています。書道です。ですが、どんなにすばらしいものであっても、それだけで生活できるほどお金になるとは限りません」

　久美も愛玉の言葉に同意する。

「私は夢がたまたまお菓子屋さんやったから良かったけど、藤峰は大学院のあとはどうすると」

「どうにでもするさ。どんな仕事をしてでも仏教の研究は続けるよ。そのためにたくさん資格を取ってるんだから」

　久美がじっと藤峰の目を見る。

「な、なに？　なんで怒ってるの？」

「怒ってないやろ。感心したと。藤峰もちゃんと将来のことを考えとるんやなって」

　藤峰は得意げに胸を張る。

「もちろんだよ。だって、僕は一人であって、一人じゃないんだからね。わがままだけでは生きていかない。あたり前だよ」

「見直した」

愛玉は藤峰と久美の話を微笑ましげに聞いている。

「二人は仲良しですね、ポップコーンみたいです」

久美は黙り込み、藤峰は申し訳なさそうに言う。

「王さん、お菓子に例えるのは、もういいです」

愛玉は寂しそうに頷いた。

＊＊＊

「荘介さん、見てください」

午後の放浪から帰った荘介に、久美が嬉しそうにA3サイズの紙を広げてみせる。荘介は表情を変えないようにと努めたようだが、眉がぴくりと動いた。

「チュパカブラのポスターですか」

「はい、先ほど作りました。これで王さんと荘介さんが遭遇しても大丈夫です」

胸を張る久美を見る荘介は悲しそうだ。

「遭遇って。だから、僕をUMAみたいに言わないでくださいってば」

「これ、どこに貼りましょうか」

ますます悲しげに荘介は呟く。

「できれば貼らないでほしいのですが……」

久美にはその言葉が届かなかったようで、手製のチュパカブラポスターを抱えて店内をうろつく。そのとき、カランカランとドアベルが鳴り、久美は愛玉だといいなと期待しながら振り返った。

「なんだ、藤峰やん」

「なんだって、なにさ。僕だって客なんだから歓迎してよ」

いつもどおりのそっけない久美の態度に、いつもどおりの不満を返した藤峰は、いつもと違いあっけにとられた顔で久美の手許を指さした。

「UMAまんじゅうでも売りだすの？」

「そんなわけないやろ。王さん用の抗アレルギー剤を作ってみたっちゃけど。どう、いいやろ？」

「店の雰囲気と真逆だよ」

ずばり言われて、久美は肩を落とした。

「そっかあ。いいと思ったんやけどなあ」

荘介が慰めるように、久美の肩を優しくたたく。

「王さんがいらしたときにだけ広げたらいいんですよ」

「なんなら、着ぐるみを作って久美が着たらいいんじゃない？」

久美はぱっと笑顔になる。

「それ、いいやん。日曜日に手芸用品屋さんに布を買いに行こう」

冗談を本気にした久美を荘介は生温かい笑みを浮かべて見やる。久美は不思議そうにしたが追及はせず、藤峰に尋ねた。

「今日ものろけに来たんね？」

「いやいや、今日は報告に来たんだ。大切なお知らせがあってね」

「ふうん。大学院生試験に落ちたと？」

藤峰は不機嫌にもならず、さらっと流す。

「またそういうことを言う。違うよ、いい話さ。引っ越すことになったんだ」

「へえ。今のアパートも家賃格安って言っとったけど、もっと安いところが見つかったん？」

藤峰は両手を胸にあててうっとりと目を閉じた。

「この引っ越しはプライスレス。世界中の黄金と引き換えにしても譲れないんだ」

「ふうん」

興味を示さない久美の態度も意に介さず、藤峰は陶然として言う。

「陽さんと一緒に暮らすことになったんだ」

「へえ、同棲すると」

藤峰の顔が一気に赤くなる。

「同棲って！　そんな不埒《ふらち》なことしないよ！」

「不埒……、あんたは時代劇の見すぎやないね」

赤い顔のまま、藤峰は誤解を解こうと口早に言う。

「そうじゃなくて！　陽さんのお宅に居候《いそうろう》することになったんだよ」

意外な言葉に久美はぽかんと口を開けた。荘介がにこやかに尋ねる。

「それは、おめでとう。結婚準備かな？」

「結婚だなんて、そんなそんな」

恥ずかしがってぐにゃぐにゃと身をよじる藤峰を気持ち悪がることも忘れて、久美は疑問の声を上げた。

「あんた、なんでそんなに星野家の人たちに愛されとうと？」

藤峰は胸をそらす。

「それはもちろん、僕の本性が信用に足るものだからさ。陽さんのご家族は皆さん、会う人の心の中まで見通す、澄んだ目を持っているからね」

「うう、そう言われると、なんだか私の目が濁っているせいで藤峰のことを見損なっていた気がしてくる」

肩を落とした久美を、荘介が優しく慰める。

「大丈夫ですよ、久美さん。藤峰くんはどこまでいっても、ただの藤峰くん。仏さまにはなりませんよ」

そんな言われようにいつもなら落ち込む藤峰は、今日は笑顔で「ひどいなあ」などと言って笑っている。

「でさ、これで万事が本当に解決なんだよ。勉強しながらバイトして、資格試験の勉強もして、それでも陽さんと会う時間は確保できたんだ。これも荘介さんのマカロンのおかげです。一つで二つのマカロンの話をしたら星野家の人がみんな感心してくれて。居候を勧めてくれたんですよ」

藤峰は、にこやかな荘介に向かって深々と頭を下げた。

「ありがとうございます」

「お役に立ったのなら良かった」

藤峰は思いだしたように久美が持つポスターに目をやる。

「そうだ、久美。チュパカブラの着ぐるみ用の布、僕が用意してくるよ。王さんにもお礼を言わないといけないし。きっと喜ぶよね」

「本当？　助かる。じゃあ、今日にも型紙を作っとくけん」

久美と藤峰はどんな布を使って、目はどうするか、手足の駆動域はどれくらいにするのかなどと二人で盛り上がっている。荘介はチュパカブラが店内を闊歩する日を想像して、少しだけ憂鬱《ゆううつ》になった。

一杯だけのお砂糖

「四月一日って書いて、わたぬきって読む名字があるんですって、荘介さーん」

無人の厨房で新聞のコラムを読みながら、久美は独り言を言う。

「昔は冬の着物から綿を抜く日だったみたいですよーお」

春のぽかぽか陽気で厨房もふんわりと暖かい。

「でもわたぬきの四月一日は、旧暦の四月一日なんですってー。それって、いつですかねー」

新聞をばさりと置いて、ふうとため息をつく。

「こんなときに蘊蓄メーカーがいないなんて、不便極まりない」

店長にも遠慮なくものを言う久美だが、今日はいつもより辛辣《しんらつ》な言葉がぽんぽんと出てきていた。昼休みの時間なのに荘介が帰ってこないのだ。そういうときには自由に食べていいと言われている荘介の弁当も、こんな日に限ってない。お腹が空きすぎて狂暴化しつつあった。

「もうこうなったら、店のお菓子を買って食べるしか……」

カランカランとドアベルが鳴った。久美は急いで店舗に向かう。

「いらっしゃいませ」

入ってきたのはポニーテールがかわいらしい少女だった。すらりとしていて、とても姿勢が良い。なにか思いつめたような雰囲気をまとっていて、きりっと引き結んだ唇は強い決意を感じさせた。

「この店で働かせてください！」

少女は、はっきりとした発音でそう言うと、勢いよく頭を下げた。驚いた久美の反応が、一瞬、遅れた。少女はそっと目だけを上げて久美の様子をうかがう。久美は慌てて、頭を上げない少女の目線に合わせて腰を曲げた。

「えっと、今はアルバイトは募集してないんです」

「バイトじゃなくてもいいんです。お給料がなくてもいいんです。働きたいんです、働かせてください！」

久美は少女の熱意に、昔の自分を思いだした。幼いころから『お気に召すまま』で働くことが夢で、そのために邁進《まいしん》してきた。たまたま就職の時期と、この店がバイトを募集していた時期が重なったために、すんなりと夢をかなえることができた。だがもし、バイト募集の張り紙がなかったら、と久美は思う。きっとこの少女のように店に飛び込んだことだろう。

少女を下から見上げようとしゃがみ込んで、久美は笑いかけた。

「今、店長が留守なんです。帰るまで待っていてくれる？」

少女はやはり強く口を引き結んで何度も頷いた。


イートインスペースの席を二つ、少女と久美で占領した。少女は小早川《こばやかわ》さくらと名乗った。履歴書も持参していて、久美に差しだした。几帳面な文字で少ない履歴が書かれている。学歴は近所の小学校と中学校を卒業したという二行だけ。職歴はなし。資格は英検三級。趣味はなし。志望動機は空白だった。

久美は自分が荘介に提出した履歴書を思いだす。学歴も資格も少ししかなかったが、志望動機は欄外にはみだすほど書いていた。ここで働きたいと言いつつ、さくらの動機が不明なことに疑問を抱く。だが、そのことについて話すことはしない。久美は面接官ではないのだ。少女が思っていることを聞くべきなのは荘介だ。

「お茶を淹れるね。紅茶でいいかな」

「お、おかまいなく」

緊張した様子で言うさくらに笑顔を見せて、久美は席を立った。

ガラス製のティーポットの中で紅茶の葉が開くのを待っている間、久美はさくらが少しでもくつろげるように、ショーケースの裏で午後の仕事の準備をして視線が合わないようにした。ティーポットと、揃いのカップをテーブルに運んだときには、さくらの表情は少し緩んだようだった。

「お砂糖は入れる？」

「いえ、このままで」

さくらはぺこりと頭を下げる。

「いただきます」

「はい、どうぞ」

久美も自分のカップを取ってお茶を飲む。すきっ腹に染《し》みて、ぐうと音が鳴った。さくらが、そっと目を上げる。

「あの、もしかして私、お昼ごはんの邪魔をしてしまいましたか？」

「ううん、大丈夫。店長が帰ってきてから交替でお昼休みを取ることになってるの。それまでお腹が我慢できなかっただけ」

恥ずかしそうに笑う久美に、さくらは生真面目に質問する。

「このお店は、店長さんと二人だけなんですか」

「そう。店長と私、二人でやってます。あ、そうだ。私が名乗ってなかったね」

久美はポケットから名刺を取りだすと、さくらに差しだした。

「斉藤久美です。この店のマネージャー、というか、なんでも屋さんです」

「なんでも屋さん？」

こっくりと頷いて、久美は真面目めかして言う。

「売り子も、事務や経理も、雑用も、なんでもしてます。あと、試食係も」

さくらの表情がぱっと明るくなった。

「やっぱり、お菓子屋さんって試食するんですね」

「もちろんです。どんな味か知らなかったら、お客様に勧めることができないから。さくらちゃんは、お菓子が好き？」

「はい」

答えたが、どこか元気がないさくらに、久美は小首をかしげながら尋ねる。

「もしかして、ダイエット中？」

さくらは居心地悪そうに視線をさまよわせる。

「えっと、まあ、そんな感じです」

久美がはにかんだように笑う。

「私も、しょっちゅうダイエットしてるよ。試食は嬉しいけど、やっぱりカロリーは大問題だからね」

「試食を断ったりしないんですか」

「まさか！　荘介さんのお菓子を最初に食べるのが私の最高の瞬間なんだもん。これだけは譲れないよ」

「荘介さんって、店長さんの名前ですか」

「そう。村崎荘介って言います。ちょっとサボリ癖があるけど、いい人だよ」

さくらは安心した様子で、にこっと笑った。頬にえくぼができて、とても愛らしい。その笑顔を曇らせるかもしれないと思いつつ、久美は前もって言っておいた方がいいかと、心配事を話す。

「ねえ、さくらちゃんは中学校を卒業したばかりで、十五歳だよね。もしかしたら十五歳だと労働基準法っていう法律で働けない年齢かもしれない」

「それは大丈夫です」

キリっと顔を上げてさくらが言う。

「調べてきました。十五歳の誕生日以後の最初の三月三十一日までが労働できないんです。今日はもう四月一日だから、働けます」

まさか法律のことまで調べてきているとは思わず、久美は感心して唸った。

「すごい、そこまで知ってるなんて。私よりしっかりしてる」

「そうですか？」

「うん。働きたいって、本気なんだね」

「はい」

さくらは、真っ直ぐに久美を見つめて頷いた。


カランカランとドアベルを鳴らして荘介が帰ってきたのは、さくらがやって来てから三十分ほどたった頃だった。久美が紹介しようと口を開くのよりも早く、さくらは立ち上がった。

「店長さんですか？」

白いコックコート姿の荘介に、とても緊張した様子で尋ねる。荘介は優しく微笑んで頷いた。

「はい。店長の村崎荘介です」

さくらが勢いよく頭を下げる。ポニーテールがぴゅんと宙を舞った。

「私を働かせてください！」

荘介は黙ったままだ。店内に静寂が満ちる。久美は緊迫した雰囲気に口を挟むことができず、ただ二人を見つめた。さくらは背筋がしっかりと伸びた美しいお辞儀の姿勢をぴくりとも動かさない。

時計の秒針がコチコチと進む音だけが響く。きっちり三十秒たったあと、荘介がゆっくりと言った。

「採用です」

頭を上げたさくらは、あっけにとられた顔をしていた。

「なんでですか」

「なんでって？」

「なにも聞いていないのに、どうして働かせてくれるんですか」

荘介はにっこりと笑う。

「美しいお辞儀でした。声もいきいきとして、本当に働きたいのだということが、しっかり伝わりました。どちらも、この店ではとても重視しています」

さくらは、ほっと笑みを浮かべた。

「しかし、試用期間を設けます。今日と明日働いてもらって、本採用とするか、お互いに考えましょう」

「お互いに、ですか？」

荘介は生真面目な表情で頷く。

「そうです。あなたもこの店で働いてみて、働くにふさわしい場所かどうか判断してください。では、よろしくお願いします」

頭を下げた荘介に、さくらはもう一度、深々とお辞儀した。


荘介は久美から履歴書を受けとると「さくらさんですね」と名前だけ簡単に確認して、そのあとのことは、すべて久美に任せた。

昼休みに遅れたお詫びにと荘介が買ってきた大量のおにぎりを、厨房でさくらと分け合って食べながら、久美は店舗の仕事の大まかなところを説明する。

「主な仕事は接客です。お客様から注文をいただいて、お菓子を包んで、レジを打ちます。そのために必要な、包装紙とかリボンを準備したり、お釣りを準備するために銀行に行ったり、お店の掃除をしたり、することはいろいろあります」

おにぎりを食べ終えたさくらは集中した様子で、頷きながら聞いている。

「お店は十時開店、十九時閉店。日曜日が定休日です。昼休みはだいたい十三時から」

「だいたい、ですか？」

不思議そうなさくらに久美は頷いてみせる。

「昼休みは荘介さんと交替で取るの。さっき帰ってきてからは荘介さんが店番してるでしょ、そういう風に。だから荘介さんが帰ってくる時間次第で遅くなったり、まあ、たまには早くなったり。でも、それだけじゃなくて、イートインの予約があるとか、お客様が立て込んだとか、いろいろで変わるの」

「イートイン？」

「うん。さっき座ってた席で、買ってもらったお菓子とか、特別注文のお菓子なんかを食べてもらうことがあるの」

さくらはまた首をかしげた。

「特別注文ってなんですか？」

久美は嬉しそうに説明する。

「うちの店は、注文をもらったら、どんなお菓子でも作るの」

さくらは上目遣いに聞く。

「ちょっと変わったシュークリームとか？」

唐突なさくらの質問に、久美はぱちくりと瞬きしただけで優しく微笑んで答える。

「そうだね。変わり種のシュークリームは何度か作ったよ」

なにか言おうとして口を開きかけたがなにも言わずに俯いたさくらを追及することなく、久美は先を続けた。

「持ち帰りができないようなお菓子も作るから、そんなときはイートインでね。特別注文があったら珍しいお菓子を作れるから、荘介さんが大喜びするよ」

「そうなんですか」

久美は笑顔で頷くと「さて」と言って立ち上がった。

「それじゃあ、仕事を始める準備をしましょう」

「はい」

さくらと二人で昼食後のかたづけを済ませてから、久美はさくらに予備のエプロンを差しだした。さくらは緊張した面持ちでエプロンを受けとり身につけると、決意を込めるかのように、ぎゅっとリボンを結んだ。

「まずは、手を洗います。爪は短くしてるかな？」

差しだされたさくらの両手を見て、久美はにこりと笑い、頷く。

「初めは流水で表面の汚れを落とします。それから石鹸を泡立てて、手のひら、手の甲、指を一本ずつ、指の間という風に、細かく洗っていきます」

久美は実際に洗面台で洗ってみせる。

「手のひらを丸めて反対の指の先を立てるようにして、ゴシゴシ。手首までしっかり洗ったら、爪ブラシを使います。これ、使ったことある？」

歯ブラシの先端だけを大きくしたような形状の爪ブラシを見て、さくらは首を横に振る。

「結構、気持ちいいよ。爪の間まできれいにすると、歯磨きしたあとみたいなさっぱり感があるの。で、しっかり水で洗い流して、ペーパータオルで拭きます」

「時間が長いですね。手洗いの時間はハッピーバースデイトゥーユーを二回歌うといって聞いたことがあるんですけど、その時間じゃ全然足りないみたい」

「そうだね。食品を扱うから、より気を使わなくちゃいけないんだよ。じゃあ、店舗の仕事を教えるね」

さくらは口をぎゅっと結んで頷いた。

店舗に移動すると、久美の友人が来店していた。

「杏子《きょうこ》さん、いらっしゃいませ。久しぶり……、あれ！」

久美はまじまじと杏子の顔を覗き込む。

「杏子さん、少し痩せました？」

「うん。ダイエット、がんばったの」

「すごーい！　ダイエットの方法は、なに？」

万年ダイエッターの久美が食いつくように尋ねる。

「食事内容の改善と、運動よ」

「食べるものを控えたんですか？」

杏子は大きく首を横に振る。

「野菜や海藻を多くとったり、炭水化物を減らしたりして調整したの」

久美はポケットからメモ帳を取り出した。

「私、食べることはやめられないから、食事内容の改善、真似したい」

「ぜひぜひ」

そのままダイエット話に花が咲いた二人から少し離れたところにいるさくらを、荘介が手招く。

「さくらさん、これからお菓子を詰めるところです。ちょっと見ていてください」

「はい」

荘介は手早く紙の箱を組み立てると、りんご味の寒天とパイナップルのゼリー、みかんが入った羊羹、保冷剤と、隙間ができないようにするための紙製の緩衝材をきっちりと詰め込んだ。小ぶりな紙袋にカレー味のおからクッキーも入れる。店名が入った大きめの紙袋に、その二つをまとめた。

「では、さくらさん。お客様にお渡ししてください」

紙袋の持ち手を両手で持とうとしたさくらに、片手は袋の底を支えるのだと身振りで教えて、荘介はショーケースの裏からさくらを送りだした。さくらは緊張した面持ちで杏子に歩みよる。さくらに気づいた杏子は優しい笑顔を向けた。

「こんにちは。初めて会いますね」

「こんにちは……」

それ以上、なにも言えなくなったさくらに代わって久美が紹介する。

「今日からバイトで入った、さくらちゃんです」

さくらはぺこりと頭を下げた。

「久美さんの後輩さんですね。ここのお菓子、すごく美味しいから試食を食べすぎるかもしれないけど、そうするとあとが大変ですよ」

いたずらっぽく笑って紙袋を受けとると、杏子は店を出た。さくらは久美に続いて店の外へ出る。

「ありがとうございました、またお待ちしています」

お辞儀する久美に合わせてさくらも「ありがとうございました」と頭を下げる。手を振って去っていく杏子の後ろ姿を見送って店内に戻ると、久美がさくらの手を取った。ぶんぶん振って笑いかける。

「上出来、上出来！　一回目の接客、大成功だね」

「本当ですか。私、緊張して、よくわからなくなって」

ショーケースに頬杖をついて二人を見ていた荘介も、明るい笑顔を見せる。

「さくらさんになら、安心して仕事を任せられます。一緒にがんばりましょう」

「はい！」

元気よく返事をしたさくらの隣で、久美が言う。

「荘介さんも、一緒にですよね」

「はい、もちろん」

「じゃあ、今日はずっと店にいますよね」

荘介の動きが止まる。

「春の新作第二弾も出すって言ったまま四月になっちゃいましたよね。ショーケースもあと少しで空っぽになりますよね」

「……追加を作ります」

「そうしてください」

　引きつった笑顔のまま、そっと厨房に向かう荘介と、両手を腰にあてて怖い顔をして荘介を見送る久美を、さくらが不思議そうに交互に見やる。荘介が厨房に消えると、久美の表情はころりと変わり、先ほどのとおりの笑顔に戻った。

「びっくりしたでしょ、ごめんね。荘介さんは放っておくと、すぐにサボってどこかへ行っちゃうの。毎日、お小言を言い続けてるから、私はもうお小言のプロみたいなものだよ」

　さくらは「ふふっ」と笑う。肩の力が抜けたようだ。緊張が解けたさくらを見て、久美は優しい笑みを浮かべた。

「それじゃあ、働きましょう！」

「はい」

　さくらは力強い返事をした。


　店舗内のひととおりの配置を教える。ショーケースの生菓子と、壁に作りつけの棚に置いてある焼き菓子の名前。ショーケース裏のカウンターに置いている梱包に使う箱やリボンの種類と大きさ。保冷剤や、消費期限を示すシールの保管場所。覚えることはいくらでもある。さくらはそれらを一生懸命に聞いている。

「全部一度に覚えなくていいからね。実際にお客様が来たときに、一つずつ見ていきましょう」

さくらは大きく頷いた。ほどなくして来客があり、さくらは久美と並んで客を迎えた。入ってきたのはスーツ姿の男性で、迷うことなく焼き菓子の詰め合わせを買って、領収書をもらって帰っていった。客を見送り店内に戻ったさくらは、領収書の綴《つづ》りを不思議そうに眺めている。

「さくらちゃんは、領収書を見るのは初めて？」

「はい」

「ここは駅に近いから、仕事の得意先なんかに持っていくお菓子を買ってくれるお客様も多いの。そういうお菓子は会社のお金で買うことがあるのね。そんなときに、どこでなにをいくらで買ったか、はっきりわかるのが領収書。店の売り上げの計算なんかにも使います。それと、これは二枚の複写式だから店にも控えが残って、なにかあったときにも役に立つよ」

さくらが首をかしげる。

「なにかって、どんなことですか？」

「お客様が忘れ物をしていったときとか。会社名と一緒に保管できるから、問い合わせの電話が来たときにすぐにわかるの。さくらちゃんは忘れ物ってする？」

「したことないです」

「えらいなあ、なにかコツがあるの？」

さくらの視線がわずかに揺れた。

「家を出る前に、母が荷物を全部チェックするから。忘れ物があったら、そこで見つかるんです」

「え、それって毎日？」

久美が尋ねると、少し間が空いた。小さく頷いたさくらは、言いにくそうに話す。

「うちの母、過保護で。私、家事のお手伝いもしたことがないんです」

「そうなんだ。じゃあ、お茶を淹れたこともないのかな？」

「はい」

申し訳なさそうに俯いたさくらに、久美が明るく言う。

「じゃあ、初体験しよう。うちではお客様にサービスでお茶を出すの。手伝ってくれると助かるな」

さくらは、ぱっと明るい笑顔で久美を見る。

「教えてください！　お茶、美味しく淹れられるようにがんばります！」

元気になったさくらに、久美は微笑みかけた。


店で出すことが一番多い緑茶の一般的な淹れ方を教えて実践させる。緊張してガチガチだったさくらも、三杯淹れた頃にはすっかり慣れて、きれいな色味のお茶を出せるようになった。

「すごく美味しい！　さくらちゃん、才能あるね」

味見をした久美に褒められて、さくらは満面の笑みを見せる。

「おうちに帰ったら、ご家族にも淹れてあげたら喜ばれるよ」

「……そうでしょうか」

明るかったさくらの表情が曇る。久美は慰めるかのように優しく尋ねた。

「さくらちゃんは、ご家族に美味しいお茶を飲んでほしいかな」

「わかりません……。うち、家族が揃ってなにかすることってないから。友達のうちみたいにリビングでみんなでお茶を飲んだりしたことないんです」

「そうなんだ」

さくらは小さく頷く。久美は湯呑茶碗がのったお盆をさくらに渡す。

「こうやって、一人一人に淹れてあげることはしてみたい？」

難しい顔をしたさくらは、急に何歳も年をとったように見える。しばらく黙っていたが、小さく首を横に振って答えた。

「うちに、いたくないんです。すぐにでも家から出て一人で生きていきたいんです」

「それで、働きたいんだ」

さくらは頷く。

「このままだと絶対に大学までいかなきゃならなくなるから、それが嫌なんです。高校も受験したし、それが終わっても塾も続いてるけど、本当は勉強なんて嫌いなんです。私、怠けものだから」

「怠けものって言うなら、私はすごく怠けてたなあ」

久美は少しだけ恥ずかしそうに笑う。

「私の夢は子どもの頃からずっと、この店で働くことだったから。そのために必要なこと以外は、なーんにもしてないなあ」

さくらは目を見開いた。

「夢がずっと変わらなかったんですか？　それで、それがかなったんですか？」

「うん。ありがたいことに、なにもかもタイミングが良くて。高校進学を考えていたときに、商業科がある学校が近所にあるって先生に教えてもらえた。高校卒業してからすぐに、この店がバイトを募集していた。どれも、私が苦労して得たものじゃないんだ」

久美は真っ直ぐにさくらの目を見る。

「でもね、私はずっと周りの人たちに、この店で働くことが夢だって言い続けてきたの。そのおかげで夢がぐっと近づいたんだと思う。だから、さくらちゃんも、なにになりたいとか、どうしたいとか言ってみたらいいと思うな」

さくらの瞳が揺れた。くしゃっと表情が崩れて泣きだしそうに見える。だが久美は慌てることもなく、黙ってさくらを見守った。

「私には夢なんてないんです。今まで一度も、なにかになりたいなんて思ったことがないんです。私がすることは母が全部決めるから」

「お父さんは？」

「父はなにも言いません。ほとんど家にも帰ってこないし、帰ってきても怖い顔をして黙っているだけなんです。母も怖いみたいで、父がいると黙ってしまうんです」

そこに父親がいるかのように、さくらは小さくなって黙ってしまった。久美は沈黙が支配する暗いリビングを想像した。寒々しくて、空気が肌を刺すかのように思えた。

久美はポットを出して、ラベンダーのお茶を淹れる。ふわりと優しい湯気が立つ。小さめの二つのカップに注いで、一つをさくらに手渡した。

「今日はなんだか冷えるね。温まろうか」

さくらは頷いてカップを手に取った。

イートインスペースで向かい合ってラベンダーのお茶を飲んでいると、さくらがぽつりと呟いた。

「私、本当にここで働かせてもらっていいんでしょうか」

久美は優しく尋ねる。

「どうして？」

「久美さんは、子どもの頃からここで働くって決めていたんでしょう？　私はなんにも考えずに、夢とかでもないのにやって来て……」

俯いてしまったさくらに久美が尋ねる。

「さくらちゃんは、どうしてこの店で働きたいって思ったの？」

俯いたまま、しばらく考えてから、さくらは口を開いた。

「真珠貝の形のシュークリーム、このお店のですよね」

久美は驚いて目をしばたたいた。

「あのシュークリームを知ってるの？　宝石屋さんの展示会のお土産用にって注文をも

らったんだけど……。そうか、お父さんかお母さんが展示会に行ったんだね」

さくらはこくりと頷く。

「母がもらってきたんです。でも食べなくて置きっぱなしになってたの。私、こっそり蓋を開けてみたんです。そうしたら、すごくきれいで美味しそうで……。がまんできずにクリームを舐《な》めちゃったんです」

「どうだった？」

少し緊張した様子で尋ねる久美に、さくらはそっと答える。

「美味しかった、すっごく美味しかったです」

久美はほっと息をはく。

「良かった、口に合って」

「でも」

久美から目をそらしてさくらが言う。

「それだけなんです。クリームを少し舐めただけ。あとは食べられなかった」

俯くさくらの顔を覗き込むように、久美は目線を下げる。

「食べられなかったって、どうして？」

「約束なんです、お菓子は食べないって。母がバレリーナはお菓子を食べちゃいけないって言うから」

久美は思わず目を見開いた。

「お菓子、食べないの？　全然、なんにも？」

「すみません……」

小さな声で謝るさくらに、久美はすぐに言葉を返すことができなかった。お菓子屋さんで働きたいと言うからには、お菓子が大好きで毎日でも食べたくてたまらないんだろうと思い込んでいたのだ。

「でも、本当は食べたいんです。クリームがとっても美味しかったから、このお店に来たんです。きっと試食させてもらえると思って。不純な動機でごめんなさい」

真面目な様子のさくらの本気に、久美も真面目に応えたかったが、思わず噴きだしてしまった。

「おんなじだよ、私も。私がこの店で働きたいって思ったのも、一生ずっと『お気に召すまま』のお菓子を食べたかったからだもん」

「え、本当に？」

さくらの顔にぱっと明るい色が浮かぶ。久美は笑顔で続けた。

「お菓子屋さんで働きたいって思う理由が、その店のお菓子が好きだからっていうのは、一番、純粋な動機だと思うよ」

さくらは年頃の女の子にふさわしい笑みを浮かべた。その表情を見て初めて、久美はさくらがずいぶん無理をして、大人っぽく振る舞おうとしていたことに気づいた。

「この店はどんなお菓子の注文にも応えるの。さくらちゃんのためのお菓子もきっとあるし、そのお菓子を美味しいって笑ってくれるお客さんもいるよ」

「私のためのお菓子……」

さくらはそれが見えているかのようなうっとりした眼差しで、ショーケースを見つめた。


翌朝、開店の一時間前にさくらが出勤してきた。久美はもう来ていて、さくらのために一日の作業リストを作っていた。

「おはようございます」

そっとドアを開けたさくらに、久美は作業リストを掲げてみせる。

「おはよう、さくらちゃん。荷物を置いたら、これ読んでみて。店の仕事をまとめてみたの」

さくらは嬉しそうに頷くと、ショーケースの裏に荷物を置き、エプロンをつけて久美の側に立った。

「学校の時間割みたいですね」

「わかりやすいかなと思って」

久美が心配げに見ていると、さくらは作業リストを読み上げた。

「九時十分、清掃。九時半、予約状況チェック、九時三十二分、備品チェック、九時三十四分……」

「ずいぶん細かなスケジュールですね」

そう言いながら厨房から荘介が出てきた。ショーケースに並べるお菓子を抱えたまま、くすくす笑う。

「店長、おはようございます」

ぴょこんと頭を下げたさくらに「はい、おはようございます」と答えたが、それでもまだ笑い足りないようで、肩を小さく揺らしながら久美の側を通り過ぎる。久美はむうっと顔を顰めて荘介の背中を軽くにらんだ。

「細かいといけませんか」

「いえいえ、わかりやすくていいいんじゃないでしょうか」

「じゃあ、なんで笑うんですか」

荘介は笑いが抜けきらないまま、緩んだような声でさくらに言う。

「久美さんは、さくらさんが来てくれて本当に嬉しいようです。ずいぶんと張り切っていますよ」

久美は力強く、ぐっと握ったこぶしを突きだす。

「そうですとも。かわいい後輩のためにがんばりますよ、私は」

久美の手に、荘介もこぶしを合わせる。

「僕もやる気が出てしかたないですよ。がんばります。さくらさんはどうですか？」

さくらはおそるおそる手を伸ばすと、グーにした手を二人が合わせた手に、ちょんと付けた。

「が、がんばります」

荘介と久美が微笑みかけると、さくらは恥ずかしそうに笑顔を返した。

久美とさくらで手分けして、掃除は九時二十六分には終わった。予約状況は九時二十九分には確認し終えた。すべてがテンポよく前倒しで仕事は進んでいった。定時の十五分前には開店準備がととのった。

「さくらちゃんがいてくれたら仕事が捗《はかど》るよ」

いつもより早い時間に看板を出し、久美は満足げに『万国菓子舗　お気に召すまま』の文字を見る。

「この店で働きたいって言ってくれる人が私のほかにもいるって、なんて幸せなんだろうって思うよ」

さくらは、じっと久美の言葉を聞いている。

「この店は荘介さんがおじいさんから引き継いだ大切なところなの。おじいさんの頃を知ってる常連さんも、たくさんいるんだよ。これからもずっと、ここにあってほしい。だからさくらちゃんが来てくれたこと、本当に幸せだと思ってる」

優しい笑みを浮かべた久美を、さくらはまじまじと見つめた。

「久美さんは、このお店が大好きなんですね」

「うん。『お気に召すまま』がなくなったら、立ち直れないほど悲しむと思うな」

さくらは言葉を一つ一つ深く心に刻もうとしているかのように、じっと久美を見つめて耳を傾けていた。

視線を感じた久美は急に空咳《からせき》をして、真面目すぎた自分語りをごまかしながら顔を上げた。

「じゃあ、今日も一日、よろしくお願いします」

「よろしくお願いします」

二人はしっかりと目を合わせて、微笑んだ。

カランカランと明るいドアベルの音を鳴らして二人が店内に戻ると、荘介が厨房から出てきて手招いた。

「春の新作、第二弾を試作しました。お二人とも、試食をお願いします」

「え！　もうできたんですか？　どうしたんですか、荘介さん。真面目すぎじゃないですか」

荘介はわざと作った澄まし顔で答える。

「僕はいつだって真面目ですよ。ねえ、さくらさん」

さくらは荘介と久美の顔を見比べて曖昧な笑顔でごまかした。

三人で移動した厨房の調理台の上には、薄いガラスのカップが置かれていた。

「さくらがさねのミルクムースです」

白いムースの中心に筒形の穴が空き、そこに、こし餡のゼリーが詰められ、桜の花の塩漬けが飾り付けられている。

「さくらがさねってなんですか？」

久美が首をかしげる。さくらも揃って首を斜めにしている様子は姉妹のようにも見えて微笑ましい。

「装束の色の組み合わせのことをかさねの色目と言うんだ。十二単《じゅうにひとえ》とか、狩衣《かりぎぬ》なんかは袖が何枚か重なるから、上下の衣の組み合わせが何通りにもなる。そのどれもに名前がついているんだよ」

「さくらがさねは白と小豆色なんですか？」

荘介はムースの器を久美とさくらにそれぞれ手渡しながら答える。

「白と赤がよく知られているけれど、この小豆餡のような葡萄色《えびいろ》を使うこともある」

「見た目から春っぽいですね。これが桜が散る前に間に合って良かったです」

荘介は微妙に悲しそうな雰囲気を醸しだしてみせた。

「僕はそんなに仕事が遅いと思われているんでしょうか」

「サボりっぱなしで時間がたりないだろうと思っていただけです」

荘介は、ぐいっと胸を張ってみせた。

「僕だって時間配分くらいできるんですよ。さあ、お客様がいらっしゃる前に試食を済ませましょう」

荘介に促されて久美はスプーンを取ると、嬉しそうに一口で半分も頬張った。

「ミルクムースがとろける中に、こし餡のゼリーが硬めで歯応えがあるのがいいアクセントになっています。このこし餡、なんだかコクがありますね」

「こし餡にバタークリームを混ぜ込んでいます。桜の花の塩漬けを活かすために無塩バターを使いました」

ふと目をやると、さくらが動きを止めていた。久美は、もう一口分を掬っていた手をぴたりと止めてさくらの顔を覗き込む。

「あれ、さくらちゃん、食べないの？」

「早く食べないと、久美さんに横取りされてしまいますよ」

久美の言葉にも荘介の軽口にも答えず、さくらは感情が消えた目でムースをじっと見つめている。久美は心配そうにさくらに尋ねる。

「嫌いな食材が入ってる？」

さくらは首を横に振る。久美は眉が下がった悲しそうな表情を隠せぬまま聞いた。

「荘介さんのお菓子は魅力的じゃない？」

さくらは慌てて、また首を横に振って小声で言う。

「私、やっぱり、お菓子は食べられません」

「お母さんとの約束があるから？」

頷くさくらの返事に、久美は悲しそうな色を浮かべる。

「試食を楽しみに来たのにね。約束だったらしかたないのかな」

荘介が優しく微笑む。

「さくらさんは『お気に召すまま』の味に期待してくれているんですね。それなら、お菓子ではなくても、この店を味わえるものを作りましょう」

今度は勢いよく、さくらがぶるぶると首を横に振った。

「そんな……、私のためだけなら、いいです。お仕事の邪魔になるし」

久美が静かな口調で言う。

「いつもなら荘介さんは、もうサボりに行く時間だから、邪魔になんてならないよ。大丈夫」

「そうなんですか？」

さくらに真っ直ぐ見つめられて、荘介はなんとも返事ができず、そっと目をそらした。そのまま、ごまかすように調理台の上をかたづけだす。

「少し時間がかかります。作るところを見ていますか？」

さくらは久美に視線を向けた。

「お仕事はいいんでしょうか」

久美は、にっこりと笑ってみせる。

「調理を見るのも仕事のうちだよ。厨房のことを知っておいたら、お客様の質問に答えられることも増えるから。店舗の仕事は、またあとで続けましょう。私は店番に戻るけど、さくらちゃんはしっかり見学していてね」

指導役の久美に指示されて、さくらは素直に頷いた。


荘介は材料を調理台に揃えてから、さくらを手招く。

「これからレモンのコンポートを作っていきます」

「コンポート」

復唱したさくらに荘介は、にこりと微笑みかけた。

「知っていますか？」

さくらは首を横に振る。

「初めて聞きました」

「コンポートと言うのはフランス語由来の名前です。主に、果物を砂糖と水などで煮たもののことを指します。他にも、鳥肉や野菜をワインなどで煮詰めたものもコンポートと呼びますね。では、果物を使ったコンポートを作っていきましょう」

用意された材料はレモン、砂糖、シナモンスティック、バニラエッセンスだ。

レモンを輪切りにして種を取る。

レモンと水、砂糖の重量をそれぞれ量る。荘介が慎重に秤《はかり》を使っているのを見て、さくらが不思議そうな顔をした。

「すごくきっちりと量るんですね。プロの人はなにも考えずに、ぱっと自信作を作るのかと思っていました」

荘介は手を休めてさくらに向き直る。

「自信というのは、万全の準備をしたうえで正しい手順を踏んだときに、初めて生まれるものだと僕は思います。無計画な突撃はただの無謀です」

「そう……なんですか」

さくらは俯きがちに呟いた。荘介は黙っているが、どことなく優しい雰囲気を感じさせ、さくらはその雰囲気に助けられるようにして、また顔を上げた。

鍋にレモン、砂糖、水を入れて火にかける。

「ジャムと似ていますが、ジャムよりさらっとした仕上がりになります。煮立ったら、弱火で煮込みます」

「どのくらい煮るんですか」

「三十分くらいです」

「そんなに？　大変な料理ですね」

荘介は壁に立てかけてある小さな椅子を二脚持ってきて、調理台の側に置いた。さくらに椅子を勧めてから自分も腰掛ける。

「なにも大変なことはありません。ただ、時間をかけるだけです。それだけでじっくりと素材が絡み合い、美味しくなってくれます」

「時間さえあればいいんですか？」

「そうです。手間はいりません」

しばらく考えて、さくらは尋ねた。

「じゃあ、誰でも作れますか？」

「もちろんです。コンポートは大量の果物の保存や、生の果物の味が薄かったときの対処法として作られるものです。家庭の味でもあります」

感心した様子でさくらは呟く。

「おうちでそんなに時間がかかるものを作るものなんですね」

「そういう家庭もあるでしょうし、そうでない家庭もあるでしょう。それぞれだと思いますよ」

さくらは荘介から視線をそらして尋ねた。

「どちらの家庭が幸せだと思いますか」

荘介は生真面目な調子で言う。

「どちらでも幸せになれると思います」

さくらは驚いたように、ぱちりと瞬きした。

「幸せになるんですか？」

「そうです。なにか不都合があったとしても、家族みんなで幸せになるように努力できたら、すてきではないですか？」

さくらはまた、ぱちりと目を見開く。

「幸せになるためにみんなで努力する……。そんな風に考えたこと、一度もなかったです」

荘介は優しく頷いた。さくらは迷いつつも、言葉を続ける。

「幸せかどうかは、産まれたときから決まっているんじゃないんですか」

「僕は選ぶ道次第で、人はいくらでも幸せになれると思っています。そのためのお手伝いをしたくて、お菓子を作っています」

さくらは少し迷った様子を見せたが、そっと口を開いた。

「本当にお菓子で人を幸せにできるんですか？」

「どんなに辛いときでも、食べたら少しだけ前を向ける。そんな力になれるお菓子を作ろうと、僕は思っているんですよ」

「少しだけ……前を」

荘介は優しい笑みを浮かべる。

「そう、少しだけ。僕にできることは、それくらいだから」

荘介は立ち上がり、鍋の様子を見にいった。ふつふつと沸くレモンの香り。窓から差し込む暖かな春の光。さくらは胸いっぱいに息を吸い込んだ。


レモンの皮が透き通ってきたら火を止めて、シナモンスティックを浸して香りをつける。冷めてきたらバニラエッセンスを数滴垂らす。甘いような、刺激的なような複雑な香りが厨房に広がる。

「これで、出来上がりです。さくらさん、久美さんを呼んできてください。試食しましょう」

「はい」

さくらはぴょこんと元気に立ち上がり、店舗へ出ていった。

久美はショーケースの裏、作り付けのカウンターに向かって立っている。

「久美さん」

さくらが呼びかけると、久美は顔を上げ、笑顔でさくらを手招いた。

「これ、さくらちゃんにあげるね」

そう言って、できたばかりの手作りの名刺を手渡す。そこにはさくらの名前とともに、『Vendeuse』と書かれていた。

「私の名刺ですか！」

「うん。お客様にご挨拶するときに使ってね」

「ヴェンデューズ？　違いますよね、なんて読むんですか？」

「おしい、ヴァンドゥーズ。フランス語なんだけど、女性のお菓子販売のプロのことなの」

さくらは尻込みして名刺を返そうとするかのように体から離す。

「私、全然プロじゃないです」

「お金をもらって働いたら、みんなプロなの。駆けだしでもベテランでも関係ないよ。さくらちゃんは立派に働いてくれてる。もう、プロなんだよ」

さくらは気持ちを引き締めようとするかのように、ぎゅっと唇を引き結んだ。

二人並んで厨房に向かうと、きれいに盛り付けられたレモンのコンポートが待っていた。ガラスの器に入ったヨーグルトの上に、たっぷりと、温かみのある黄色にきらめくレモンのコンポートがのっている。とろりと流れるやわらかなコンポートは、絹の衣のようにヨーグルトを覆う。

荘介はそれぞれの器に、繊細な細工が施された銀のスプーンを添えた。

「きれいなスプーン」

さくらは手に取ったスプーンをまじまじと見つめる。久美もスプーンを取り、葡萄と蔓《つる》の細工にそっと触れた。

「荘介さんが先代から受け継いだものだよ。銀食器は手入れが大変だけど、きちんと磨いてあげると何世代ももつの」

荘介は二人の様子を優しく見守る。さくらはスプーンを光にかざして、その輝きに見惚れた。

「きれい……。このお店にあるものは、なにもかも、きれいです」

久美が嬉しそうに微笑む。

「それに、美味しいものがたくさんあるよ。さあ、コンポートの試食をしよう」

さくらは器を取ると、スプーンをそっと差し入れた。やわらかくなったレモンの皮は、するりとほどけるように切れる。真っ白なヨーグルトと黄色のレモンのコンポートをスプーンに掬い、そっと口に近づける。それを横目に見ながら、久美は元気よくスプーンを口に運んだ。

「ヨーグルトの酸味にレモンの香りとバニラの香りの甘さがよく合います。レモンの酸っぱさはどこかに消えていますね」

「火を通すことで酸味がやわらぐんだ。加熱しすぎると苦みが出るけれど、コンポートならジャムほどには煮詰めることはないからね」

「シナモンの香りもまろやかになって、コンポートの甘さを引き立てています」

久美に遅れてスプーンをくわえたさくらの口元がほころぶ。だが、それは一瞬のことで、すぐに眉根を寄せた厳しい顔つきになった。

「こんなに美味しいもの、もうお菓子です」

ぽつりと呟いたさくらは、一口だけでスプーンを置いてしまった。

「私、やっぱり食べられません。お菓子じゃないってごまかして美味しいものを食べるのは、ズルだと思います」

久美はスプーンでコンポートを掬って、目の高さまで掲げてみる。透きとおった黄色いコンポートは自ら光っているかのように輝く。

「スプーン一杯のお砂糖があれば、苦い薬も飲みやすくなるっていう歌があるんだけど。知ってる？」

さくらは首を横に振る。

「古いミュージカル映画の中の一曲なんだけど、私は大好きなんだ。どんなに辛いことにも、助けになるお砂糖は必ずあるって信じられるから」

久美の言葉を否定するかのように、さくらは強い口調で問いただした。

「お砂糖に助けてもらうのはズルじゃないんですか？　自分の人生って、一人でがんばらないといけないものなんじゃないんですか？」

久美はスプーンを置いて、お茶を淹れるためにお湯を沸かす。

「紅茶でいい？」

さくらは曖昧に頷いた。

ティーポットに茶葉を入れる、さらさらという音。お湯が沸く、しゅんしゅんという音。やわらかなその音たちは優しい波のようにさくらの気持ちを静めてくれた。

「どうぞ」

ティーカップを受けとって、さくらはそっと口をつけた。わずかに眉根が寄る。

ティーカップを口から離してさくらが言う。

「ちょっと、苦いです」

「コンポートと合うように苦めに淹れたんだよ。もう一度だけ、食べてみて。紅茶と一緒に」

恐々とした様子でスプーンを取り、さくらはコンポートを、まるで苦いものを食べようとしているかのように顔を顰めて口に入れた。その表情のまま紅茶を口に含む。すぐに、さくらの口許がほころんだ。

「美味しい……、紅茶が苦いのに、すごく美味しいです」

久美はゆったりと歌うように語る。

「苦い薬を飲むための一杯のお砂糖はごまかしかもしれない。だけど私は、ごまかしは偉大な救い手だと思う。人は、なにかに救われていいものだと思うよ」

さくらの眉が開き、力んでいた唇が緩んだ。

「私も本当は、一杯のお砂糖が欲しかったんです。苦い毎日が辛いんです」

荘介が優しく尋ねる。

「だから、ここに来たんですか？」

頷いて、深くうなだれたさくらの肩に、荘介はぽんと手を置く。

「この店がさくらさんのお砂糖になるなら、いくらでも居てください」

しばらく動かなかったさくらが、ゆっくりと顔を上げた。泣きそうに揺れる瞳で、しかしきっぱりと言いきる。

「甘いお菓子だけを食べていたら、生きていけませんよね。私、少しのお砂糖だけで苦い毎日を飲み干そうと思います」

さくらはエプロンを外した。荘介は静かに微笑む。

「二日間の勤務、ご苦労様でした。これからのさくらさんの活躍を、僕も久美さんも期待していますよ」

さくらは深々と頭を下げた。

＊＊＊

「ただいま」

さくらの声を聞いた母、静香《しずか》が玄関まで出迎えに来た。さくらが抱えている『お気に召すまま』の紙袋を見て尋ねる。

「なにか買い物をしてきたの？」

「ママ、話したいことがあります」

さくらの強い視線と丁寧な口調に、静香は訝しげな表情を浮かべた。なにか聞かれる前に、さくらは黙って靴を脱ぎ、静香の横をすり抜けてリビングに入った。

リビングのテーブルに向かい合わせで座る。さくらは紙袋から箱を取りだした。

「ケーキを買ってきたの？」

静香が眉をひそめる。さくらは黙って箱を開けた。白鳥を象《かたど》った一口大のシュークリームが、三つ入っている。

「ごめんなさい。二日間、塾をサボりました」

頭を下げたさくらに、静香は戸惑いを隠せない。

「塾でなにかあったの？　もしかして、いじめとか……」

さくらは首を横に振る。

「そんなことは全然ないよ。ただ、うまく息ができなくなったの」

「息が？」

「吸っても吸っても空気が入ってこないような気がして、このままじゃ窒息しちゃうって思った。そんなときに、お菓子のことを思いだしたの」

静香は黙って聞いている。

「ずっと前に、ママが貝の形のシュークリームをもらってきたことがあったでしょ。私、こっそり味見したの。あんまり美味しくて幸せになった。そのとき、約束をやぶって悪かったなっていう気持ちより、お菓子を食べた幸せな気持ちの方がずっと強かった。だから、行かなくちゃと思って」

さくらの言葉に静香は戸惑い、視線が揺れた。

「シュークリームのお店でバイトさせてもらった」

「バイトって、あなたがそんな……。働くなんてできるわけないじゃない」

さくらは大事そうにポケットから名刺を取り出して、静香に差しだした。

「私の名刺。ちゃんと働いて、プロだって認めてもらった」

静香は驚いて声も出ない。

「店員はお店の味も知らなきゃいけないからって、甘いものの試食もした」

箱を大きく開けて中身がよく見えるようにして、静香の方に差しだす。

「このシュークリームは私がバイト代で、特別に注文して作ってもらったの」

少しの静寂のあと、静香は叱ることもなく尋ねた。

「……なんで白鳥の形なの？」

「私、バレエはもうやめたい。発表会で白鳥の湖を踊ったでしょ。先生に完璧だったたって褒められて、それで満足しちゃったの。あの曲以上に踊りたい曲は、もうないの。だから、このシュークリームを食べて、バレエとはさよならしたい」

静香はじっと白鳥の姿を見つめる。

「本当は高校も行きたくなかったの。すぐに働きたいと思ってた」

「思ってた、過去形なのね。今はどうなの」

「働きたい気持ちは変わらない。でも、勉強もしたい。自分に合った仕事と夢を探したい。だから、定時制の学校に行きたい」

なにか感じるところがあったようで、静香の表情が硬くなった。

「家にもいたくない。パパが家にいたらママがいつも怖がってるの、知ってる。そんなママは見たくないけど、私はパパも好きだから、なにもできなくて。それが辛い」

さくらが話し終えても静香はなにも言わない。沈黙が部屋に満ち、さくらの呼吸が早くなる。さくらは苦しそうに俯いて、口を手で覆い隠す。

「そうやって、ママがいつも黙るのも嫌なの。黙って怒るのが、すごく嫌」

静香は口を何度か開け閉めしてから、小さな声を出した。

「怒ってないよ。ママは昔から、話すのが苦手なのよ」

意外な答えにさくらは驚き、顔を上げた。

「え、そうなの？」

「だから、パパになにか言われても言い返せなくて、いつも逃げてたの」

さくらは、ゆっくりと話す静香の口元をじっと見つめる。ふっくらとした二人の口元はよく似ていた。

「さくら。高校のこと、なんでもっと早く相談しなかったの」

「言えなかった。なんでか、大事なことを話そうと思うと、いつも口が動かなくなっちゃって」

静香は深いため息をつく。

「私のだめなところが似ちゃったね。ごめんね」

謝られて、さくらは戸惑い、黙った。静香がきっぱりと言う。

「いいよ。さくらが自分で考えたことだもん。したいようにしていいよ。一緒にパパを説得しよう。ママも一生懸命、話すから」

自分の決意を母に認めてもらえて、さくらは深く息を吸う。はく息とともに、心から滲みでたような言葉を口にする。

「ママ……、ありがとう」

静香は頷いて、小さなシュークリームに手を伸ばした。

「いただきます」

さくらは緊張した面持ちで、静香を見つめる。小さな白鳥の羽をクリームと一緒に齧りとった静香の目が一瞬、見開かれ、すぐに満面の笑みに変わった。

「こんなに美味しいお菓子、食べたことない。世界一、美味しい」

「そうでしょ。このお店のお菓子はすごく美味しいの」

静香は笑顔のまま、首を横に振る。

「美味しいのは、さくらが働いて買ってくれたからだよ。人生で一番美味しいお菓子をありがとう、さくら」

静香の笑顔はとても甘い。今まで見たことがない、まるで少女のような表情だ。さくらはその笑顔につられて、自分の名前のように、花が開くように微笑んだ。

お腹いっぱいのホットチョコレート

「やあ、久美ちゃん。おはよう」

「おはようございます、梶山さん」

久美が朝一番に店の外の掃除をしているところに、常連の梶山がやって来た。

「今日は、お早いですね」

箒《ほうき》を置いてドアを開けようとする久美を、梶山は手を振って止めた。

「いやいや、今は仕事中でね。また、あとでうかがうよ」

好々爺《こうこうや》という風情の梶山は、既にリタイアして勤めはしていないが、町内会長という職を持ち、こまごまとした実務を抱えている。

「今日は、うにあられを試食品に出しますよ」

「そうなの。いいねえ、大好きだよ、うにあられ」

ほぼ毎日と言っていいほど店を訪れる梶山は試食も楽しみにしているようで、勧めれば遠慮なく味わう。試食の回数だけで言うと、久美の次に店の味を熟知している人物だ。

にこにこと手を振って梶山と別れ、掃除を終えた久美は店に入った。ショーケースにはお菓子が並び終わっていて、荘介の姿は見えない。厨房を覗いてみても、いない。もう放浪に出ているらしい。いつものことと気にも留めず、厨房まで来たついでに、裏口から出て倉庫に入る。

少なくなっている備品を取りに来たのだが、倉庫は空き巣にでも入られたかのように、ごちゃごちゃと物が散乱していて足を踏み入れることもできなかった。

「もう！　荘介さんは、またこんなに散らかして」

厨房や店舗の整理整頓、掃除には余念がない荘介だが、なぜか倉庫だけは散らかしっぱなしで、そのまま いなくなることが多い。帰ってきてからも、かたづけようとしては他のことに気を取られて脱線する。最終的には久美が監視して、やっとかたづくという始末だ。

久美は進行方向にあるものを脇へ押しやりつつ、奥へ進んだ。どうしても必要な伝票類だけ取って戻ろうとしたのだが、伝票が入っているキャビネットの前に本が何冊も積んであった。

「あー、時間ないのにー」

倉庫にいると、客が来てもドアベルの音も聞こえない。早く戻りたい気持ちでいっぱいになりながら、積まれている本を所定の位置に戻していく。大概が荘介のお菓子作りのための資料だが、中に一冊だけ、茶色の革表紙の古風なアルバムが紛れ込んでいた。初めて見るもので、しまう場所がわからない。なんの写真かも気になった。とりあえず、アルバムを抱えたまま伝票を取り、店舗に戻ることにした。

仕事の合間にアルバムをめくってみる。一ページ目、最初に貼ってあるのは、荘介とよく似た男性が『お気に召すまま』の前に立っている白黒の写真だった。時間を経てセピア色になった写真の中、その男性はコックコート姿でほがらかに笑っている。先代である荘介の祖父の若い頃の写真だろう。

二ページ目もやはりセピア色になっている写真で、店内の様子が写されていた。

現在と違い、ショーケースに並んでいるのはドイツ菓子だけだ。イートインスペースは満席で、テーブルにはケーキやクッキー、ドイツのパン類まで、盛り沢山に並んでいる。ケーキの皿にはホイップクリームがたっぷり盛られ、ドイツパンの皿にはハーブや果物が添えてある。ジャムなどを使ったデニッシュ生地のパンが多く、食べ応えがありそうだ。今よりも店内が賑わっているような気がするのは、客たちの楽しそうな笑顔のせいだろうか。好きなものに囲まれて、幸せそうな様子だ。

知らないお菓子の写真もある。久美が見たことがないケーキや焼き菓子が、この店にはまだまだあるのだ。長い時を刻んでいくうちに、どれだけたくさんの種類のお菓子が作られてきたことだろう。

ページをめくるごとに、ショーケースに並んでいたパン類はだんだん少なくなり、ケーキの装飾も、ドイツ式のどっしりしたものだけではなくなる。小さな花を模したマジパンを使っていたり、ケーキが少し小ぶりになったり。さまざまな試行錯誤があったうえでの、今の姿なのだ。

アルバムの中から、次々と『お気に召すまま』の歴史が立ち現れてくる。先代の隣に立って一緒に微笑む女性は、荘介の祖母だろう。数ページ先には二人の間に幼い男の子が立っている。きっと荘介の父親だ。その頃から写真はカラーになっていく。

時代が進むにつれ男性は年老いて、久美が知っている先代の姿に近づく。だがアルバムは先代の壮年時代まで終わっていた。

時間旅行をしてきたかのような濃厚な時を過ごして、久美は長く息をはきだした。そっと革の表紙を撫でる。この中に詰まっているものは、久美の一番大切なもの、それが成長していく姿だ。その中で変わらずいつもあったのは、多くの客の笑顔だった。

カランカランとドアベルが鳴り、梶山がひょっこりと入ってきた。

「いらっしゃいませ、梶山さん。お仕事はもう済んだんですか？」

「ああ、終わったよ。いや、疲れた疲れた」

足をひきずるようにして歩くところを見ると、相当の体力仕事だったのだろうと思われた。梶山はいつものようにイートインスペースの定位置に行き、「どっこいしょ」と掛け声をかけて椅子に座り込む。久美はいつもの緑茶ではなく、ハーブティーを淹れることにした。

ガラスのティーカップに、透き通った赤いお茶を注いでテーブルに運ぶ。梶山は珍しいお茶に注目した。

「なんだかきれいなものだね。これはなに？」

「ローズヒップというバラ科の植物の実を使ったお茶です。ビタミンCが多くて、疲労回復の効果があるんですよ」

梶山はカップを手に、恵比須顔だ。

「嬉しいねえ。久美ちゃんは、そのときそのときに合わせていろいろ考えてくれて。いや、本当に今日は疲れていてね」

熱いハーブティーを、音を立てて啜《すす》った梶山の顔が顰められた。

「すっぱいねえ、これはすごい。たしかに疲れに効きそうだ」

久美は顰められたままの梶山の表情に慌てた。

「酸味が強すぎましたか？」

「いやいや、大丈夫。これくらいの方が体にいいだろうから。梅干しほどは酸っぱくないしね」

気を使ってくれているが表情は素直で、いつもほがらかなのが嘘のように厳しい顔つきだ。久美が緑茶を淹れ直していると、梶山が声をかけた。

「久美ちゃん、このお茶で大丈夫だよ」

「うにあられには緑茶の方が合いますから。よろしかったら、試食してください」

お茶と一緒に小皿にあられをのせてテーブルに運ぶと、緑茶を見てほっとしたらしく、梶山の表情が明るくなった。

「久美ちゃんの接客はすごいねえ。いつも感心するよ」

「いえ、そんな」

突然の賛辞に久美は慌てて謙遜《けんそん》する。

「私なんて、ちゃんとしたサービスを学んだわけでもないですし、失敗も多いですし、完璧な接客にはほど遠いです」

梶山は優しく笑って、久美を手招き椅子を勧めた。

「まあ、ちょっと年寄りの話に付き合わんかね」

素直に腰かけた久美に、梶山は孫にでも話すかのように親密な空気を醸しだした。

「久美ちゃんも、この店に勤めて長くなったねえ。初めての就職がここなんだよね」

「はい。仕事は『お気に召すまま』でしかしたことないんです」

「荘介くんも、そうだよね。二人ともここが天職なんだろう。先代も、菓子職人以外の選択肢はなかったと言っていたなあ」

懐かしそうに壁の時計を見上げる。先代からずっと時を刻み続けているものだ。

「先代の父親、荘介くんのひいおじいさんがパン職人だったのは知ってるかな」

「はい。荘介さんから聞いたことがあります」

「ドイツの人は親の仕事を継ぐのがあたり前だっていう話だけど、先代はパン屋じゃなくて、お菓子屋を始めちゃった。私が子どもの頃はパンも焼いていたんだけどね、だんだんお菓子だけになっていったんだ」

「さっき、先代のアルバムを見ていたんですけど、白黒写真の時代にはパンがたくさんありました」

「へえ、アルバムがあるの。見せてくれるかね」

「はい、もちろん」

久美は立ちあがり、アルバムを取ってきた。手渡すと、梶山は嬉しそうに表紙を撫である。

「いや、懐かしい感じのアルバムだ。昔のアルバムはみんな、こんな風に立派な作りだったんだよねえ」

表紙をめくっていくのも楽しげで、見ていると久美も心が明るくなるようだ。

「このテーブルと椅子も長生きしてるねえ。開店当時からでしょ」

「はい。創業時に先代が職人さんに注文したそうです。百年使えるものにしてくれと言って」

「昔の家具は風合いがいい。この店のことをなんでも知っているという感じが、実に頼もしい。そうそう、このテーブルにのりきらないほどの注文をするおじさんが、昔いたんだよ」

「よっぽど、お腹が空いていたんでしょうか」

久美のとぼけた質問に梶山は笑顔を見せた。

「いやいや、恐ろしく大食らいの人でね。ショーケースの端から端まで全部注文して、次々に平らげていくんだ。先代は、それはもう嬉しそうに見ていたよ」

「荘介さんも同じです。この店の店主は代々、たくさん食べる人が好きなんですね」

「そうそう。それでサービス精神もすごくて。嬉しくなっちゃったら、もっと食べさせようとして、おごっちゃったりね」

よく知っていますという気持ちを込めて、久美は深く頷く。

「とにかく、このイートインスペースというのは好きだねえ。昔の洋菓子屋さんにはなかったものだから、初めてお店に来たときには驚いたものだよ。お菓子屋さんにレストランがあるってね」

その当時の感動を思いだしているのか、梶山は遠い目をした。その慈しむような優しい視線の先にあるものが『お気に召すまま』の昔の姿だということが、久美にはなによりも嬉しい。

「ドイツではコンディトライといって、カフェとお菓子屋さんを合わせたようなお店があるそうです。先代が目指したのは、そのコンディトライだそうです」

「そうなのかい。それで久美ちゃんもいろいろなお茶を淹れてくれるんだねえ」

「本当はお菓子をそのまま出すだけじゃなくて、いろいろなトッピングをしてパフェみたいに盛り付けたり、パイのようなお菓子は温め直したりもするんですけど、うちではちょっと」

梶山はショーケースの奥、小さなカウンターに目をやって、小さく頷いた。

「調理できるようなスペースはなさそうだねね」

「はい。私は厨房を使えませんし」

「荘介くんに禁止されているの？」

「いえ、荘介さんなら自由に使っていいって、きっと言います。でも私は、厨房は荘介さん、店舗が私の場所と思っているんです。店舗はできることが少なくて……」

しょんぼりした久美を力づけるためか、梶山は冷めたローズヒップティーをぐいっと飲み干した。久美が慌てて言う。

「無理しないでくださいい、残してくださってかまわないですよ」

「いやいや、冷めたら飲みやすかったよ。夏の暑い日に、氷たっぷりで飲んだら美味しいだろう」

お世辞ではない様子の梶山の言葉に安心して、久美はにこりと笑う。

「それはすごく良さそうです。参考にさせてもらいますね」

梶山は楽しげに、うにあられをつまみながら緑茶を飲み、持病の腰痛の愚痴をこぼした辺りで満足したようで、手を振って帰っていった。

久美はかたづけの手を止めてテーブルをそっと撫でた。先代のこだわりが詰まったテーブルに、梶山が苦手としたハーブティーが入っていたティーカップ。良かれと思った接客は、まったく的外れだった。

「私、ばかちんや」

自分の頭をぽかぽか叩く。久美は事務や店の下準備などの仕事には、完璧だと言いきれる自信を持っている。この店で働くことだけを目標に生きてきた。そのために高校も商業科を選んだ。現場実習の実習先には、デスクワークが多めの商社ではなく接客のある商店を選んだ。だが、それだけでは接客技術が身についたとは思えなかった。

そのために、今でも休みの日には百貨店に足を運び、接客の良し悪しを学ぼうと売り子たちを見て回っている。サービス業に必要な知識を得るためにビジネス本も読み、日々、見識を深める努力をしている。

「だけど、実践できなきゃ意味ないやん。お客様に気を使わせてどうするん」

ぽつりと言いながら、のろのろと手を動かして食器をかたづける。きれいになったテーブルに、今度はしっかりと手のひらを押し付けた。分厚く硬い木は使われるうちに角が取れ、どことなくやわらかな触り心地だ。この店の優しさが、ここにも詰まっている。しっかりと久美を見つめてくれているように感じた。

「がんばるよ！　最高のコンディトライを目指そう！」

テーブルに誓ってみせて、久美は元気に顔を上げた。

「いらっしゃいませ、梶山さん！」

翌日の夕方、久美は輝かんばかりの笑顔で梶山を迎えた。

「おはよう、久美ちゃん。今日はすごく機嫌がいいねえ」

「これからは毎日、こうやってお出迎えできますよ」

梶山は椅子に座りながら首をかしげる。

「なにかいいことがあったのかい？」

久美は笑顔のままやって来て、梶山の前の席に座った。

「私、決めたんです。この店を最高のコンディトライにするって」

梶山は相好を崩す。

「それはいいねえ。ますます商売繁盛しそうだ。先代も、夢が叶って喜ぶんじゃないかい」

「それでですね、梶山さん。お願いがあります」

笑顔のままだが、様子をうかがうような久美の声に、梶山は目をしばたたく。

「なんだね、改まって」

「飲み物の試飲をお願いしたいんです」

久美の申し入れを、梶山は考える間もなく笑顔で受けた。

「なんだ、そんなこと。大歓迎だよ。飲み物も増やすのかい」

「はい。飲み物でも、この店を楽しんでもらえるようにしたいんです。居心地がよくて、いつでもやって来たいようなお店にしたいんです」

梶山の快諾を得て、久美の笑顔はますます明るくなった。梶山はそんな様子を楽しげに見つめる。

「いいねえ。久美ちゃんは本当に『お気に召すまま』が好きなんだね」

「はい！」

胸を張って頷いて、久美はさっそく立ち上がり、飲み物を淹れに行った。

今日は製菓用に荘介が使っている上等な抹茶を点《た》ててみた。あいにくと、ショーケースに並んでいるのは、荘介の気分でゼリーばかりだ。夕暮れ間近の今時分、カステラも売り切れてしまったため、試食は焼き菓子しかない。それでも梶山は嬉しそうに、ラングドシャをつまみながら抹茶を飲んだ。

「抹茶のケーキもあることだし、洋菓子にも合うもんだねえ」

「本当ですか、良かった。お代わりはいかがですか？」

「じゃあ、もらおうかな」

久美は嬉々としてお茶を点て続けた。

梶山と入れ替わるように帰ってきた荘介が、洗って伏せられている抹茶茶碗に気づき、閉店準備を進めている久美に尋ねた。

「久美さん、今日は抹茶を点てたんですか」

「はい、梶山さんにお出ししました。気に入ってくださって、四杯もお代わりされたんですよ」

「それは……、カフェインの取りすぎになっていないといいですね」

仕事の手を止めることのない久美の背中に、荘介の呟きは届かなかった。


翌日も梶山はやって来た。目の下に隈《くま》ができていて、少しばかり、足取りがよろよろしている。

「どうしたんですか、梶山さん。隈がすごいですよ」

心配げに尋ねる久美を安心させようとしているのか、梶山は疲れた様子を隠そうと笑った。

「いや、ちょっと睡眠不足なだけだよ。なぜだか寝つきが悪かったんだ」

「そうなんですか、心配事でもあるんですか？」

「いやいや、こんな爺さんになんの心配があるもんかね。悠々自適に暮らしてるんだ、ストレスもありやしないよ」

　いつもより弱々しい声の梶山は「よっこらしょ」と掛け声をかけて椅子に座る。

「梶山さん、安眠にいいハーブティーはいかがですか？　マロウと言って、とても飲みやすいんです」

　梶山はローズヒップのときの酸味を思いだしたのか少し顔を顰めた。

「あ、そうですよね。ハーブティーより紅茶の方が……」

「いやいや、そのマロウというお茶を試してみるよ。久美ちゃんのお勧めだ。飲まないわけがないよ」

　優しい言葉に、久美は喜んでマロウティーを淹れた。その真っ青なお茶を見て梶山の表情が曇る。

「青いねえ。染めているのかな」

「いえ、マロウ由来の天然の色です。安心してお召し上がりいただけますよ。胃腸に良くて、鎮静効果もあるんです。リラックスできます」

「そうかね。それじゃあ、いただこうかな」

　おそるおそる口をつけた梶山は一口啜って首をかしげた。

「味がしないねえ。ちょっと香りのいいお湯を飲んでいるみたいだ」

「レモンを入れるのがお勧めですよ」

「そうかい。じゃあ……」

久美が差しだした半切りのレモンを取り、ティーカップの中に搾り入れる。真っ青だったお茶は色を変え、優しいピンクになった。

「おお？　色が変わったよ」

驚いた梶山はティーカップを目の高さまで持ち上げて、まじまじと見つめた。

「マロウに含まれるアントシアニンが酸に反応して色が変わるんです」

「うん。これは面白いよ」

梶山はそっとお茶に口をつける。

「ああ、レモンが入ると爽やかで美味しいなあ。お菓子にも合いそうだ」

「本当ですか、良かった。そうだ、今日は羊羹の試食があります」

「ハーブティーに羊羹かあ」

元気にショーケースの裏に向かう久美に聞こえないほどそっと小さく、梶山はため息をついた。

「いらっしゃいませ、梶山さん」

厨房から出て来た荘介に、梶山は慌てた様子で笑顔を作ってみせた。それを見た荘介は気づかわしげに尋ねる。

「久美さんの試行錯誤にお付き合いいただいているそうですが、ご迷惑になっていないでしょうか」

「いやなに、珍しいお茶を楽しませてもらってるよ」

久美が運んできた羊羹に目をやった梶山はテーブルに身を乗りだす。

「やあ、栗蒸し羊羹じゃないかね。私はこれに目がなくてね」

栗の実を細かく刻んで混ぜ込んだ蒸し羊羹を一口に頬張り、よく噛んで飲み込んだところに、マロウティーを流し込む。

「驚いた。羊羹に合うよ、このお茶は。栗の味を引き立てるようだ」

久美は嬉しそうに笑うと、ティーポットにお湯を足して運んできた。

「お代わりはいかがですか？」

「いただくよ。そうそう、レモンを搾らなくちゃね」

マロウティーを赤くして、楽しげに久美と会話する梶山の様子に安心したようで、荘介は厨房に引っ込んだ。

また翌日、梶山は元気にやって来た。

「夕べはハーブティーのおかげか、よく眠れたよ」

「そうですか、良かったあ。今日も健康志向で、ベチバーっていう新しいハーブを仕入れてみたんですけど、いかがですか？」

梶山はよっぽど楽しみにして来たのか、とても明るい笑みを浮かべる。

「今日の試食のお菓子はなんだろうね」

「おからクッキーの塩味です」

「うん、それは和洋折衷な味でいいかもしれない。ハーブティーにも合うんじゃないかな」

「じゃあ、ベチバーのお茶を淹れますね」

ガラス製のティーポットに乾燥したベチバーとお湯を入れてテーブルに運ぶ。梶山はティーポットを覗き込み、不安げな表情になった。

「なんだか、ヒゲのない色白なごぼうみたいだね」

「ベチバーはイネ科の植物で、これは、その根っこです。インドのアーユルヴェーダっていう医学では血を浄化する作用があるって言われているんだそうです」

「はあ、血を浄化。なんだかすごそうだねえ」

カップに注がれたベチバーティーに鼻を近づけて、そっと匂いを嗅いだ梶山は首をひねる。

「ちょっとだけ、うっすらと匂いがするようだけど、よくわからないなあ。悪い感じではないね」

口をつけてズズズと啜り飲む。頬がわずかにピクリと動いたが、久美に気づかれないうちに、その変化は消えた。

「とっても体に良さそうな味だ」

「ですよね。胃腸にも良さそうです」

梶山は感心した様子で顔を上げた。

「ほう、そんな効能があるのかい？」

「いえ、個人的な感想です」

「久美ちゃんも、このお茶は飲んだんだ」

「もちろんです。味見しないでお客様にはお出しできません」

「そうか……、飲んだのか……」

なぜかしょんぼりしてしまった梶山を、首をかしげて見つめた久美は、試食のお菓子を出していないことに気づいた。

「そうでした。今日は新作もあるんですよ」

梶山の表情がぱっと明るくなった。

「季節の新作だね、いいねえ。季節変わりにはずいぶん早いけど、荘介くんも真面目に仕事をしてるんだね」

久美は曖昧に頷き、その表情から真面目に働いた結果ではなく、久美が荘介の尻を叩いて試作をせっついたのだと梶山にはわかった。久美の苦労を労《ねぎら》うかのように、優しい微笑みを浮かべる。

「こちらです。せっかくなので、梶山さん用に一つ、取っておきました」

久美が運んできたのはピンク色のドーム形の上にハートや蝶やリボンが群れ飛ぶファンシーなデザインのケーキだ。

「これは孫が気に入りそうだよ。でも……、これ、もしかして一人分なのかい？」

久美は嬉しそうに頷く。

「はい！　これだけあったら、どんな大食漢な人でも満足できるっていうコンセプトなんですよ」

ケーキは直径十五センチ近くある。ドームの頂上までの高さも、十センチはありそうだ。試食の達人である梶山は、このケーキは二、三人向けの大きさだと瞬時に判断した。だが、久美は梶山が一人でケーキを食べきるものと信じて、楽しそうに待っている。

「いただこうかな」

「はい！」

嬉々として久美が差しだしたフォークを、そっとケーキに差し入れる。一口食べて、ぱあっと明るい表情を見せた梶山だったが、ケーキを食べ終える頃には頭痛を紛らしているかのように眉間を揉んでいた。

「ベチバーには、胃腸にいい作用はないんじゃないかなあ」

梶山の言葉に、久美は不思議そうな顔をする。

「そうですか？　私は食後に飲んだら、すっきりするような気がしました」

「久美ちゃんの胃には合ったんだねえ」

そう言って、梶山はケーキの最後の一口を食べ終えた。


また翌日も、梶山はやって来た。この日は町内会の会費を集めに来たのだ。そんなときでも、いつもなら、お茶を飲んでお喋りして長居する梶山が、さっさと帰ろうとするので、久美は首をかしげて尋ねた。

「梶山さん、今日はお忙しいんですか？」

「う、いや、忙しいというか、あれだね。うん、まあ、そこそこ」

曖昧な返事を遠慮と受け取った久美は、にこりと笑う。

「もし良かったら、お仕事が終わったらまたいらしてください。今日はスイソという飲み物をご用意してます」

梶山はぴたりと動きを止めて、引きつった表情で尋ねる。

「スイソって、どんなものかね」

「スペインでよく飲まれるホットチョコレートです。梶山さん、チョコレート、お好きですよね」

久美の言葉に梶山は、ほっと胸を撫でおろした。

「ああ、ハーブティーじゃないんだ。ホットチョコレート、いいねえ。冬に荘介くんが出したマシュマロを浮かべたやつも美味しかったよ」

「お口に合ったのでしたら良かったです。きっと、スイソもお気に召すと思うんです」

梶山は相好を崩して頷く。

「そうかね。それじゃあ、ちょっと、ごちそうになってから行こうかな」

いそいそとイートインスペースに移動して、いつもの席に座る。梶山はバレンタインの時期になると毎日通い詰めて、その日の試食も堪能しつつ、新作のチョコを少しずつ買って帰り、ショーケースに並ぶチョコレートを全種類制覇するほどのチョコ好きだ。

それ以外にも、チョコレートを使ったお菓子は、試食したら必ず買って帰ってくれる。

そんな梶山は期待いっぱいの目で久美の背中を見つめた。久美はショーケース裏のカウンターで、ものすごいモーター音を立てはじめた。期待顔だった梶山の表情が心配げに曇る。コーヒー豆を挽く電動ミルの音なら聞きなじんでいるが、どうやらそれとは違う。いったいなにが出てくるのかわからないのが不安なようで、梶山はそわそわと体を揺らした。

「お待たせしました、スイソです」

久美がテーブルに置いたのは、山盛りのホイップクリームがはみださんばかりのマグカップ。両手で隠せないほど大きなカップに、さらにおさまりきらないほど大量のホイップクリームの迫力は恐ろしいものがある。梶山は言葉を失くした。

「今日の試食品はニューヨークチーズケーキです。荘介さんが大量に作ったので、試食品も大きめに切ってみました」

マグカップの隣に置かれた皿にのったチーズケーキは、一口では頬張りきれないサイズで、ずっしりと重そうだ。

梶山は、まずスイソに向きあった。おそるおそるホイップクリームをスプーンで掬う。ホイップクリームは、器からこぼれださないように固めに泡立てられている。カップの大きさに怖じ気づいたのか、梶山は目をつぶり、勢いをつけてスプーンに食らいついた。ぎゅっとつぶられていた目が、すぐに大きく見開かれる。

「美味しいじゃないか」

「よかったです！　ホットチョコレートに合うように、ホイップクリームは甘さ控えめなんです」

「うんうん、これならたしかにチョコレートに合うだろうねえ」

にこにことホイップクリームを掬っては口に入れ、掬っては口に入れ、底の方からチョコレートを掬いだしてホイップクリームと絡めて楽しんでいる。

かなりの時間をかけているのだが、スイソは半分もなくならない。梶山は、いったん休憩して、ニューヨークチーズケーキに手を伸ばした。フォークで四つに切り分け、一切れを頬張る。にこにこと楽しげだった表情が、悲しそうに曇った。

「どうかしました？」

「いや、うん。このチーズケーキ、濃厚だねえ」

「チーズの配合にこだわって作っていました。荘介さんの自信作です」

自信作と言いながら、久美は気遣わしげにしている。

「お口に合いませんでした？」

「いやいや、美味しいよ。ただ、ちょっとタイミングが良くなかったというかね。スイソのこってりした感じと張り合うねえ」

そう言ってフォークを置いた梶山の言葉に、はっとした久美は深々と頭を下げた。

「すみません！　私、飲み物にばかり気がいっちゃって、お菓子との相性を考えていませんでした」

「いやいや、チョコレートとチーズはかなり相性がいいよ」

「素材としては相性が良くても、スイソとニューヨークチーズケーキっていう組み合わせになっちゃったら、ケンカしちゃったんですよね」

「ケンカとまではいかないかな。ちょっとした、にらみ合いくらいで」

久美は皿を背中に隠す。

「ごめんなさい。もう、食べないでください」

「残したらもったいないじゃないかね」

申し訳なさそうに言う梶山にこれ以上気を使わせないために、久美は急いでチーズケーキを始末しなければと焦った。焦って、少し始末のしかたの方向性を見失った。

「私が食べます！」

そう言うと、久美は手づかみでチーズケーキを一口に飲み込んだ。あっけにとられた梶山が、ぽかんと口を開けている。久美はマグカップにも手を伸ばそうとしたが、梶山がさっと持ち上げ、抱え込んだ。

「貸してください、梶山さん」

「いやいや、これは渡せないよ。私の代わりに無理をすることはないじゃないか」

「私が飲まなかったら、梶山さんが無理をして飲んでしまうでしょう」

「無理じゃないよ。美味しいから大好きだ。ニューヨークチーズケーキも美味しかったんだよ。ただ、少しタイミングが良くなかっただけで」

「二人とも、無理はよくないですよ」

急に声をかけられて、久美と梶山はぎょっとして振り返る。いつの間にか、配達から帰ってきた荘介が二人の側に立っていた。

「荘介さん、驚かさないでください。それと、音を忍ばせて入ってくるのもやめてください」

「普通に入ってきましたよ、ドアベルもちゃんと鳴りました」

「そうかい。いや、全然気がつかなかったな」

荘介は梶山が抱きしめているマグカップの中身を見て、「スイソですか」と呟く。

「今日の試食品相手だと、分が悪かったかもしれませんね」

梶山は荘介の言葉に、首を横に振ってみせた。

「いやいや、そんなことはない。チーズとチョコレートのマリアージュというのかな。相性というか、その、なんだ。とにかく、美味しいよ」

荘介は梶山の言葉に賛同する。

「チーズとチョコレートはたしかに合いますね」

「ねえ、そうだよねえ。だから、ニューヨークチーズケーキと、このスイソも、食べ進んだら、きっと馴染むよ」

そう言われても、久美は一歩も引かない。

「もし馴染むとしても、それまでの間、美味しくないって思っちゃうじゃないですか。そんなの、きっと体にも心にも良くないです」

「そんな大げさなことじゃないよ。どれ、もう一つ試食をもらおう。ちゃんとスイソと合うって証明するからね」

「いいえ、お出しできません」

二人ともに引くことを知らず、話し合いでは決着がつきそうにない。荘介は両者の言い分とは違う、第三の手段を提示した。

「スイソに合うチーズのお菓子を作りましょう」

梶山がほっとした様子で荘介を見上げる。

「そんなお菓子があるのかね」

荘介は久美に尋ねる。

「あると思いますか、久美さん」

荘介がお菓子を作る前に久美に意見を聞くという珍しさにも関わらず、久美はあたり前のように答えた。

「もちろん、あるはずです」

「たとえば、どんな？」

久美は眉間にしわを寄せて真剣に考える。

「チーズの脂肪分を抜いてさっぱりさせて、スイソの甘さを引き立てるような塩気は残す。それなら美味しくスイソを楽しめるんじゃないでしょうか」

荘介が頷く。

「他には？」

「口あたりはチーズケーキみたいにやわらかいものじゃなくて、歯ごたえがあるものの方が合う気がします。スイソは濃厚な口触りですから」

「なるほど」

「それと見た目も、チーズケーキみたいに一色だけじゃなくて、彩りがあった方が食欲が湧くと思います。荘介さん」

久美は力を込めた視線を荘介に向けた。

「そんなお菓子を作ってくれませんか」

「はい、うけたまわりました」

久美は梶山に向き直った。

「梶山さん、スイソに合うチーズのお菓子、召し上がっていただけますか？」

「もちろんだよ。荘介くんのお菓子を食べないわけがないじゃないか」

荘介は嬉しそうに頭を下げる。

「では、少々お待ちください」

そう言って荘介が厨房に入ってしまうと、店内はしんと静かになった。梶山はスイソのカップを抱えたまま、なんとなく手持無沙汰な様子だ。久美は厨房をにらむかのような力強さで壁を見つめている。それに気づいた梶山が久美に声をかけた。

「久美ちゃん」

顔を向けると、梶山は優しく笑っていた。

「ちょっと、厨房を見てきてくれないかね。荘介くんが真面目に働いているか監視していてほしいんだけどね」

久美は、梶山が気を利かせてくれたことが申し訳なく肩を縮める。それでいて、自分の注文が果たしてスイソに合うお菓子になるのかと気になっていたので、厨房に行けるのは嬉しかった。

「じゃあ、見てきますね」

そう言ってちょこんと頭を下げた久美に、梶山は優しく頷いてみせた。

厨房では荘介がチェダーチーズを擂りおろしているところだった。

「荘介さん、ご迷惑をかけてすみません」

久美は厳しい表情で謝る。

「そんな顔をしないで、久美さん。迷惑なことなんてなにもない。僕はいつでも新しいお菓子を作りたいんだって、久美さんが一番知っているでしょう」

久美は深刻そうな顔で荘介を見上げる。

「けど、私の思いつきだけのお菓子を作ってもらうのは申し訳ないです」

「僕は久美さんの味覚をなにより信頼しています。僕の味を誰よりも知っている久美さんが考えてくれたんです。新しいメニューとして、即、採用決定です」

「でも、素人考えですよ」

「久美さんは、この店で働くプロフェッショナルではないですか」

「本当に、迷惑じゃないんですか」

荘介は手を止めて、久美の真っ直ぐな視線を受け止める。

「久美さんが来てくれたことで、僕は変われました。過去に縛られず、前を向けた。新しいお菓子を作り出すことが怖くなくなったんです」

「でも、それはきっと、時間が経てば解決していたことだと……」

「久美さん」

荘介は久美の言葉を遮って、真面目な顔で言う。

「これから作るお菓子を食べてみてください。そうすれば、その答えはきっと全部わかるはずです」

しばらく荘介と久美の間に沈黙が流れた。荘介は仕事に戻り、いつも通り、お菓子作りに没頭している。久美が考えたお菓子は、はたしてこの店の「いつも通り」になるのにふさわしいだろうか。久美はその答えをしっかり見極めようと、荘介の働きを見つめる。

チーズとともにしょうがを擂りおろして、よく混ぜる。

フライパンに薄く延ばして中火で焼く。

途中、流れだした油はペーパータオルでしっかり拭き取る。

厨房内に、チーズが溶けてこんがりと焼けていくいい香りが満ちる。

久美は、じっと見つめ続けた。フライパンを見下ろす荘介の横顔には、心からお菓子作りを楽しんでいることがよくわかる、明るい色が浮かんでいる。その表情を久美は誰よりも近くで、誰よりも長い時間、見続けている。

もし自分の案が荘介のお菓子作りに役立つなら、それは自分も『お気に召すまま』の歴史の一部になれたということではないだろうか。今までの日々を誇り、胸を張れるのではないだろうか。

じっくりと時間をかけて、チーズがきつね色でパリパリになったら、皿に下ろす。

鮮やかな緑のイタリアンパセリをのせたら、出来上がりだ。

「久美さん、試食をお願いします」

久美は答え合わせをするかのように神妙な面持ちで、そっと手を伸ばしてぱりぱりになったチーズを取り上げた。そっと口に運び、嚙みしめる。

「チーズとしょうがの味が合わさって、和風なようにも、エキゾチックなようにも感じる不思議な香りがします。しっかりチーズ味なのに、ぱりぱりしていて、舌が新鮮な感覚を喜んでいます。チーズ特有の重さが消えて、あっさりしています。しょうがが効いているから口の中もさっぱりしますね」

　久美用に取り分けられたものを、もう一欠けら口にする。

「このぱりぱり具合は、お茶うけに最適ですね。きっと、甘いスイソと合わせたら、無限に食べ続けられます」

「そう言ってもらえたら、自信をもって梶山さんにお出しできます。さあ、お待ちかねでしょうから、運んでください」

　荘介から皿を手渡されて、久美は緊張して震えそうになる手に力を込めて、ぎゅっと口を引き結び、店舗へ出ていった。


　イートインスペースを見ると、いつの間にやって来ていたのか、梶山の向かいの席に藤峰が座っていた。

「なんで、居《お》ると？」

　予想外の来客に驚いて方言が出た久美を、梶山が優しく手招いた。久美は素直に寄っていく。

「外を通ってたからね、私が呼んだんだよ」

「久美は本当に僕が来ると不機嫌になるよね」

「不機嫌になんて、なっていません」

ツンと顎を上げてみせてから、久美は梶山にだけ微笑みかけて皿を置く。

「お待たせしました」

梶山は皿を見下ろして首をかしげた。

「これは、なにかね」

お菓子の名前を聞いていなかったことに気づき、久美は荘介を振り仰いだ。

「チーズ煎餅です。どうぞ召し上がってみてください」

梶山はチーズ煎餅を取って、端の方をちょっとだけ齧った。前歯の方で噛んでいるのか、唇を尖らせたような妙な顔をしている。だが、すぐにいつもの優しい笑みを浮かべた。

「いや、軽くて塩気があって、これはまさにスイソにぴったりだよ」

久美が明るい声を出す。

「良かった！　お口に合ったんですね」

梶山は、にこにこと笑い、マグカップを両手で包み込むと、ぐびりとスイソを飲む。

「いやいや。ちょっと塩気が入るだけで、とんでもなく美味しくなったよ。いいねえ、チーズ煎餅。好きになっちゃったよ。お腹いっぱいだけど、もっと食べたくなるね」

満足げな梶山を見て、藤峰が言う。

「そんなに美味しいんですか。そのスイソって言う飲み物も美味しそうですね、久美は僕には苦いお茶ばっかり飲ませるのに。贔屓《ひいき》がすぎると思うんだけど」

「藤峰に飲ませてるのは体にいいお茶ばっかりやけん。苦いのはたまたま」

「美味しくて体にいいものを飲ませてよ」

「贅沢言わんと。若いんだから味の冒険もしなきゃ」

梶山はチーズ煎餅を満足げにつまみながら、藤峰の味方をする。

「まあ、久美ちゃん。たまには甘やかしてあげたらどうだい」

「そうですか。梶山さんが、そうおっしゃるなら」

「やった！　僕もこれが飲みたいよ」

藤峰のリクエストを受けて、久美がカウンターに向かおうとすると、カランカランとドアベルが鳴って、段ボール箱を抱えた大柄な女性が入ってきた。

「まいどー。『由辰《よしたつ》』でーす」

元気よく挨拶しながら勝手知ったる様子で奥へ進む女性は、安西由岐絵《あんざいゆきえ》という。『お気に召すまま』で使う果物や野菜の仕入れ先、八百屋『由辰』の女将《おかみ》で、荘介の幼馴染みでもある。

「こんにちは、会長さん。藤峰くんは相変わらずひょろいねえ。ちゃんとごはん食べてる？」

明るく声を掛けながら、藤峰の膝の上に段ボール箱を置く。突然の重みに呻いた藤峰にはかまわず、由岐絵は箱を開けて中身を引っ張りだした。

「久美ちゃんがお茶に凝ってるって聞いたから、ごぼう茶と、しいたけ茶を作ってみたんだ。どっちもすごく体にいいよ」

久美は横目でちらりと藤峰を見る。藤峰は自分に降りかかろうとしている健康茶の試飲係の任から逃げようと梶山に話しかけた。

「梶山さん、健康診断の結果が良くなかったって仰ってましたよね。しいたけ茶、いいんじゃないですか。ごぼう茶も」

「いやあ、もうお腹いっぱいだよ。お茶一杯も入らないねえ」

「じゃ、藤峰くん。健康目指して飲んでみようか！」

力いっぱい藤峰の肩を叩いて、由岐絵は荘介にごぼう茶としいたけ茶の入った袋を手渡す。

「僕が淹れるの？」

「荘介さん、私が淹れます。みんなで味見しましょう」

久美がさっと荘介の手から袋を取り上げる。

「あらら。久美ちゃんは仕事熱心だねえ」

「私、この店の役に立ちたいんです。先代が目指したコンディトライに少しでも近づけたいんです」

梶山が笑顔で立ち上がる。

「久美ちゃんは、向上心があってすばらしい。そういうことなら、協力しよう。町内を一巡り、仕事をかたづけてお腹を空かせてくるよ」

「そんな、いいですよ、梶山さん」

「なに、ウォーキングをして健康茶を飲めば、次の健康診断も怖くなくなるからね。ちょっと行ってくるよ」

さっさと店を出ていった梶山の後ろ姿を見送って、久美は困った顔で由岐絵に話しかけた。

「なんだか、梶山さんに気を使わせて、ご迷惑をかけちゃってる気がします」

「気にしない、気にしない。会長さんなんか、久美ちゃんのためなら暴れ馬の前にでも飛びだすって」

今にも自分が飛びだしそうな由岐絵の勢いにため息をつきながら、荘介は気合の入らない合いの手を入れる。

「この辺りに暴れ馬はいないと思うよ」

「うるさい、荘介。もののたとえでしょうが」

二人の言いあいにも頓着せず、藤峰が言う。

「梶山さんが健康茶を飲んでくれるなら、僕はスイソでいいよね。荘介さんもスイソ派ですよね」

「僕はお茶に興味があるよ。スイソはいつでも久美さんが淹れてくれるからね」

「ズルい、荘介！　久美ちゃんのお茶を独り占めして」

「由岐絵はいつも来るたびに、なにか飲んで帰ってるでしょう。それで満足しなよ」

「いいや、満足できない。久美ちゃんの愛らしい手で淹れられたお茶は、珠玉の一杯なんだから。荘介にはもったいない」

「僕にももったいないので、健康茶は遠慮します」

カチンときた久美が藤峰に嚙みつく。

「もったいないって、なに？　私の淹れたお茶が飲めんって言うと？」

「そうは言ってないじゃないか。久美はすぐ怒る」

「怒っとらん。聞きよるだけ」

さらに声を荒らげそうな久美の言葉を由岐絵が遮る。

「藤峰くんは久美ちゃんの優しさを、もう少し理解しなさい」

「久美の優しさは僕以外の人に向けられるもので、僕のためには一欠けらも準備されていないんですよ」

「藤峰。一度、ちゃんと言おうと思ってたの。そこに座りなさい」

「座ってるよ」

「私はいつもガミガミ言ってるわけじゃないとよ。あんたがちゃんとしてるときは、叱ったりしよらんやろ」

藤峰は目をつぶり、過去を思いだしているようで、眉根を寄せて考えている。

「いや、いつも怒ってるよ」

「そんなわけないやろ！　人をガミガミ母さんみたいに言わん！」

「ほら、怒ってる……！」

久美の迫力に脅えた藤峰は椅子を鳴らして立ち上がると、段ボール箱をテーブルに投げ出すように置き、店の外へ逃げだした。扉越しになにか言っているようだが、ガラスの向こうの声は聞こえない。久美がにらみつけてやると、慌てた様子で駆け去った。由岐絵が久美に拍手喝さいを送る。

「久美ちゃん、すごい！　かっこいい！　迫力あったわ。すてき、頼もしい、愛してる、かわいい」

半ばふざけている由岐絵の言葉を、久美は苦笑いしながら止めた。

「もういいですから。よくわかりました。私も由岐絵さんのこと、好きですよ」

「久美ちゃん……大好き！」

勢いよく由岐絵に抱き着かれて、小柄な久美はよろけた。その背中を荘介が支える。

荘介はくすくす笑いながら優しく言う。

「久美さんは、この店の求心力ですよ。みんなが久美さんに会いに来る」

「そんなことないです。私なんて、荘介さんのお菓子のついでです」

真面目な表情になった由岐絵が久美の肩に手を置き、顔を覗き込んだ。

「久美ちゃんがこの店で働くようになってから、常連さんが増えたんだよ」

「本当ですか？」

「うん。いつも笑顔で迎えてくれる人がいるって、すごく嬉しいことなんだから。みんながこの店に来たいって思ってるの。私も配達に来るたびに楽しくてしかたないんだよ」

久美は由岐絵の両手をぎゅっと握る。

「じゃあ、もうちょっとお値引き、お願いできませんか？」

「う……、う？」

「私、お客様にますます喜んでもらえるような接客をします。美味しいお茶も淹れます、由岐絵さんのために！　だから、もう少し、気持ち少し程度でいいんですけど、お値引きを……」

「いやあ、今日は暑いねえ。外の風にあたりたくなっちゃったなあ」

由岐絵は久美の手からするりと抜けだすと、そそくさと帰っていった。

「また値引き交渉に失敗しました」

肩を落とす久美の様子に、荘介はしのび笑いを漏らす。久美はのろのろとテーブルのかたづけを始めた。

「好かーん、もう。私がおせっかい働いても、なんの役にも立ちよらん。荘介さんだって本当は呆れてるでしょう」

「まさか」

そっと荘介を盗み見ると、ほがらかな笑顔で久美を見つめていた。

「この店の騒がしい面々を追い散らせるのは、久美さんだけですよ」

「それって、褒められてるんでしょうか」

「もちろんです。それにこの店に久美さんがいないと、僕は……」

「よお。なんだ、また二人はいちゃいちゃしてるのか」

厨房から、ひょいと班目が顔を出した。久美は眉を吊り上げて声を大きくする。

「班目さん、裏口から入ってくるのはやめてくださいって、何度言ったらわかるんですか！」

班目はひょいと肩をすくめた。

「あれ、何度も言われた？　聞いたことないような気がするなあ」

「しらばっくれないでください。だいたい、いつもいつも……」

班目に小言を繰りだした久美の背中を見つめながら、荘介は言いそびれた言葉を、そっと呟く。

「久美さんがいないと僕は、なにを作ったらいいのかわからなくなってしまいます」

それは久美には聞こえていなかったが、明日のお菓子の味が久美にすべてを語ってくれる。明日の朝には荘介の気持ちをのせた新しいお菓子が、また一品出来上がる。

この店に来るすべての人に荘介のお菓子の味を伝えたいという久美の気持ちも、一緒にのせて。

【特別編】久美の料理教室、事始め

「本当に、どうしたらこんなに美味しくなく作れるんやろ」

厨房で、一人ぽつりと久美が呟く。折り畳み式の椅子に座って、膝の上には弁当箱。中に入っているのはカラフルなパスタサラダだ。

「見た目はすごく美味しそうなのに」

パスタはくるくるとネジ状に巻いた形のフジッリというショートパスタ。パセリ、キュウリ、玉ねぎ、プチトマトが小さめにカットされて彩りよく混ざっている。ニンニクが少し効いていて、どこかエスニックな感じもある。

おそらく。レシピどおりならば。

だが、実際は水気でじっとりしていて、妙に生臭い。塩が強すぎる部分と、まったく塩気がないところがある。パスタもざらついているかと思えば、ふにゃふにゃで歯ごたえすらないところがあったりする。おまけに味付け自体が捉えどころのない、締まりのないものだった。

それでもある意味、エキサイティングでフレキシブルな経験と言えなくはないのかもしれないと思いつつ、久美は残すことなくパスタサラダを完食し、弁当箱の蓋を閉めた。

「ごちそうさまでした」

両手を合わせて、ぺこりと頭を下げる。美味しく調理してもらえなかった食材への、せめてもの供養だ。

接客担当としてニンニクの臭いを消すために、入念に歯磨きをしていると、裏口から荘介が、そっと室内を覗き込んでいるのが鏡越しに見えた。うがいをして振り返ると、荘介は足音を忍ばせるようにして厨房に入ってきた。

「そんな歩き方をしても、丸見えです」

「ですよね」

「昼休みには帰ってきてくださいと、何度言ったらわかるんですか」

冷静に、だが力を内に秘めた言葉を放つ久美は、とても迫力がある。荘介は肩を縮めて下を向く。

「すみません。つい」

「ついじゃないです。今日は、なにに気を取られていたんですか」

ため息交じりに聞いてやる久美に、荘介は嬉しそうに報告する。

「大橋駅が新装されてから、週替わりで入る販売スペースができたでしょう。今日はプチパンケーキのお店だったんです」

「それで？」

聞いてもらえることが嬉しいらしく、荘介は満面に笑みをたたえた。

「それはそれは大変な長蛇の列でした。甘い香りに誘われた人が次々に並んで買っていたんです。どれくらいの人数が並ぶんだろうかと数えていたら、楽しくなってしまいまして」

「ずっと、そのお店の前にいたんですか？」

語尾が鋭くなった久美の声に、荘介の表情が翳《かげ》る。

「はい」

久美の視線までもが鋭くなる。

「コックコート姿で、じいっと、凝視してたんですか？」

「はい」

小さく縮こまった荘介に、久美は厳しい視線を送る。

「そんなの、営業妨害じゃないですか。敵陣を視察してるようにしか見えないですよ」

荘介はますます小さくなる。

「はい。すみません」

「少なくとも、他の人には迷惑をかけないでください」

「はい。肝に銘じます」

何度叱っても同じようなことを繰り返し、同じように反省する荘介のことをまったく信用していない久美は、じっとりとした横目で荘介を眺め続ける。その視線からそっと目をそらして、荘介は背中に回していた手を差しだした。

「プチパンケーキ、買ってきました。お昼にいかがですか」

いつもより丁寧に話す荘介に、久美は軽くため息をついてみせた。

「お昼はもういただきました」

「召し上がったのは、僕のお弁当でしょうか」

腰に両手を当てて、怖い顔で久美が言う。

「私は外食派なんですよ。その他になにかあると、お思いですか」

「……思いません」

小さくなった荘介の姿に、もう一つため息をついて、久美はプチパンケーキの入った小袋を取り上げた。

「デザートにいただきます」

「はい、そうしてください。じゃあ、僕はお昼を買いに行って……」

「その前に、荘介さん」

まだなにか叱られるのかとびくびくしつつ、荘介は歩きだそうとしていた足をぴたりと止めた。

「なんでしょう」

「いったい、どうやって料理してるんですか？」

久美の質問に、荘介はきょとんとする。

「どうと言われても。普通にだけど」

「その普通の内容が知りたいんです。今日のパスタサラダはどうやって作ったんですか？」

荘介は料理について語れることが嬉しいらしく、笑みを浮かべて、パスタサラダの出自を語りだす。

「今日のお弁当はタッブーレという中東のサラダです。本当は、パスタはクスクスという粒状のものを使うんですが、ちょっとお腹にたまらないかと思って、フジッリにしました」

「まあ、お腹はいっぱいになりました」

「それは良かった」

久美は半眼で荘介を見据える。

「ですが、心は寒々と冷えました。サラダをあれほど美味しくなく作れるのって、一種の才能だと思うんですよ」

荘介は心の底から不思議だと思っているらしく、腕組みして首をかしげた。

「おかしいですね、普通に作ったんですよ。野菜を切って、調味料と和えて、パスタを入れてもう一度混ぜただけです」

久美はそのどこかになにか秘密があるはずだと、さらに追及する。

「野菜はきれいに切り揃えられていました。ですが、水がたくさん出ていました。新鮮なものを使いましたか？」

「もちろんです。『由辰』で買ったばかりのぴかぴかの野菜たちですよ」

「パスタはどうですか。ちゃんと既定の時間、適度に混ぜて茹《ゆ》でましたか？」

「もちろんです。生パスタですから、茹で時間も短くすんで、経済的でしたし」

「生パスタ？　どこで買ったんですか」

「僕が打ちました」

「手打ち生パスタ？」

「そうです」

久美は三度、深いため息をついた。

「どうしてそういう、無駄なひと手間をかけるんやろうか」

訛《なま》り交じりの久美の嘆きに、荘介は申し訳なさそうに答える。

「料理の醍醐味《だいごみ》は手間暇を惜しまないことかと思いまして」

久美は腰を据えて、荘介の料理下手の原因を追究しようと質問を続ける。

「そもそも、小麦粉の扱いはお菓子で熟練した腕があるのに、なんで料理になるとさっぱり使えなくなるんですか」

「さあ、どうしてだろう」

のんきな荘介のセリフに、久美の眉間にしわが寄る。

「本気で美味しい料理を作ろうと思ってます？」

「もちろんです。僕だって毎日美味しいものが食べたいですから」

久美は疑わしげに尋ねる。

「研鑽《けんさん》してます？」

「もちろんです。今朝だって手早く作る以上に、彩りにもこだわって……」

久美はぱん、と手を叩いた。荘介がびくっと身をすくめる。

「そこが問題なんじゃないですか？　見た目にこだわりすぎて味がおろそかになってる

んですよ、きっと」

荘介は恐る恐る言う。

「そうかな」

「それに、荘介さんは難しい料理ばかり作りたがるでしょう。基本的な料理から練習した方がいいですよ」

「基本的な……。それはいったい、どういうものでしょう」

久美は腕を組んで少し考えた。

「カレーだとか、ハンバーグだとか、野菜炒めだとかでしょうか」

「野菜炒め。最近食べていないですね。作り方を覚えているかな」

久美は愕然《がくぜん》として口をあんぐりと開けた。

「野菜炒めの作り方って、野菜を切って炒めて味付けをする以外に、なにがあると思ってるんですか」

「隠し味を入れるとか」

久美のこめかみがぴくりと動いた。

「だから、そういうひと手間が料理を台無しに……って。もうよか！　口で言っても伝わらん！　私が指導します。野菜炒め、普通に作ってもらいますよ。今日は料理教室を開催します」

「えー」

子どものように口を尖らせた荘介に、久美の雷が落ちる。

「えーじゃない！　今夜は美味しいものを作るまで、晩ごはんは食べられませんからね！」

「えー……」

空腹の荘介の眉が、とても悲しげに下がった。


買い出しの許可が下りて昼食はちゃんと取ることができた荘介は、久美に叱られることを恐れ、午後いっぱい追加のお菓子を出すため働き続けた。そのため、珍しく売れ残りが出て、荘介と久美は数種類を持ち帰ることにした。

「さあ、特訓しますよ！」

生菓子が入った紙袋の取っ手をぎゅっと握り締めた久美の勇ましさに、荘介はおののき、小さく「はい」と呟くことしかできない。

「とにかく。素材選びから、ちゃんとできているかチェックします。買い物に行きましょう」

「はい」

荘介は店を閉めて、大人しく久美のあとについていく。向かうのは、由岐絵が切り盛りしている八百屋『由辰』だ。

「まあ、いつも由岐絵が選んでくれる野菜を買っているから、素材には問題ないはずだよ」

話しながら商店街に入り、店の前に立ったが、店番はいない。

「こんばんはー、由岐絵さーん」

久美が声をかけると、店の奥の階段から由岐絵が下りてきた。店舗の二階が自宅になっているため、しばしば店を無人にして家事などをこなしている。

「あら、二人揃ってどうしたの」

紺色の前掛けで手を拭きながら言う由岐絵に、荘介は言いにくそうに返事をする。

「買い物に来たんだよ」

由岐絵は荘介と久美の顔を見比べる。

「こんな遅い時間に、店の仕入れ？」

「いや、今晩の夕食の材料」

得心がいったという表情で、由岐絵が頷く。

「久美ちゃんが作るんだ」

「いいえ、違います。荘介さんが作ります」

由岐絵の頬が引きつり、とんでもなく恐ろしい話を聞いたかのように青ざめる。

「まさか、久美ちゃん。荘介が作った料理を一緒に食べるつもりじゃ……」

「そのつもりです」

「やめておきなさい！　命がいくつあっても足りないわ！」

荘介が顔をしかめる。

「また由岐絵は、そうやって大げさに言う」

「なにが大げさなものですか。あんたが調理実習で作り上げたモンスターを、私は忘れないわよ」

「モンスター？」

久美が小首をかしげると、由岐絵は声を潜めた。

「あれは、本当に恐ろしかったわ。今でも小学校の同窓会で語り草になってるのよ」

思いだして寒気を感じたようで、由岐絵は身震いした。

「メニューは野菜炒めと豆腐の味噌汁、それと白いごはん、それだけ。料理が初めての子どもでも、なんとか無事に作り上げられそうなものだった」

　久美はどんな話が飛びだすのかと固唾《かたず》をのむ。

「荘介がお菓子作りがうまいことはクラス中のみんなが知っていたから、自ずと調理の主体は荘介になったの。包丁使いも慣れたものだったし、火加減もきちんとできていたように見えた。他の子たちみたいに、味噌汁を煮立たせたり、野菜炒めを焦がしたりすることもなかった。それはそれは美味しそうに、つややかな野菜炒めができあがったのよ」

　由岐絵は恐ろしいものを見る目で荘介を見やる。

「でも、それは罠《わな》だったの」

「失礼な。僕は罠なんかしかけた覚えはないよ」

　荘介の反論をまるっと無視して、由岐絵は話を続ける。

「お腹を空かせたみんなが、わくわくしながら箸を運んだ、そのとき！」

　由岐絵の突然の大声に、久美は驚いて一歩、飛び退った。

「私たちのグループは騒然となったわ。ある子は慌てて熱々の味噌汁で野菜炒めを飲み下し、ある子は大声で泣き叫び、ある子は茫然と宙を見つめていた」

　久美が恐々と尋ねる。

「由岐絵さんは、どうだったんですか？」

「思わず荘介の頭をひっぱたいたわ」

「あれは痛かったよ」

遠い思い出を見つめているように、荘介の視線は茫洋としている。

「痛かったのは私の方よ。ひどい味の野菜炒めをはきだすこともできず、かと言って噛むこともできず。結局、私も味噌汁で飲み込むしかなかったの。口の中を火傷《やけど》したのよ。騒ぎに驚いて荘介が作った野菜炒めを試食した先生は、絶望していた」

「絶望……」

「そりゃそうよね。自分が教えたことが正確に再現されたと思っていたのに、できたものは地獄のモンスター。教育ってなんだろうって思ってもしかたないわ」

久美は自分の身に降りかかろうとしている脅威に青ざめた。荘介は悲しそうに呟く。

「そこまで言わなくても。それに、僕だって料理の腕は上がってるんだよ」

由岐絵は荘介の言葉をまったく信用しない。

「久美ちゃん。それでも荘介の手料理を食べるって言うなら、せめて胃薬を飲んでおいて」

そう言って、由岐絵は二階から食前に飲むための胃薬を取ってきて、久美の手にそっと渡した。

由岐絵が厳選してくれた新鮮な野菜を抱えて、久美は荘介のあとについて歩いた。気分は暗く沈み、自分がとてつもなく無謀なことをしようとしていることを後悔していた。だが、あとには引けない。一度口にしたことを翻《ひるがえ》すのは、久美の信条に悖《もと》ることだ。対して荘介は、終始楽しそうにしていて、鼻歌交じりに家の鍵を開けた。

「……お邪魔します」

築五十年を過ぎているという古い一軒家に荘介は住んでいる。二階建ての一階は、先住の男性が改造したそうでガレージになっている。置き土産の古いバイクはただの置物と化していて、その周りには荘介が集めたらしいアンティークの食器が入った食器棚が乱立している。木製でガラス戸が嵌まった本棚や、スチール製のロッカーも適当に置いたようで、ごみごみした印象だ。

二階が生活スペースで、床張りの六畳の部屋が二室。ダイニングキッチンは改装されて、カフェにでもありそうな対面式のカウンターキッチンになっている。一階と違い、こちらはきれいに整理されていて居心地がいい。久美は初めて見る荘介の家を隅々まで探検して、少しだけ晴れた気持ちに勇気をもらい、キッチンに入った。

荘介は買ってきた野菜をカウンターに並べ、エプロンをつけて手を洗っていた。その姿は堂に入っていて、久美の気持ちはまた少し上向いた。

「じゃあ、作っていきますね」

「はい。しっかり見ていますから」

両手をぎゅっと握り締めた久美を楽しそうに眺めてから、荘介は満を持して野菜を洗いだした。

キャベツは一枚ずつ剝がして丹念にしわの間まで洗い、もやしはきちんと根を取り、ボウルに張った水に放して軽く洗う。にんじんは水の中で優しく洗い、ヘタの周りの泥もきれいに落とす。ピーマンは表面を軽く洗う。どれも水を切ったら、キッチンペーパーでしっかりと拭いておく。

切り方にも、とくに問題はないように思われた。キャベツの芯を削ぎ取って、芯の部分は千切りに、葉の部分はざく切りにする。にんじんは皮つきのまま短冊切りに。ピーマンは縦半分に切ってから種とヘタを取り、細切りに。

「荘介さんは野菜の皮まで食べる派なんですね」

「栄養をあまさず摂取しようと思って。久美さんは皮を剝きますか？」

「いいえ、そのままです。面倒くさいので」

「久美さんらしいですね」

ずぼらだと言われたように思い、久美はむっとして黙り込んだ。荘介は気にしていないようで黙々と作業を進める。

フライパンにごま油をひき、野菜をさっと炒め、塩コショウを振る。ごま油が熱せられる香りに食欲が刺激される。久美は恐れを忘れて野菜炒めのでき上がりをわくわくしながら待った。

皿に盛りつけられた野菜炒めは彩りもよく、ほかほかと上がる湯気が美味しそうだと感じさせる。荘介は箸を添えて、カウンターに野菜炒めを出した。

「どうぞ、食べてみてください」

久美の気は大きくなっていた。今なら空腹という最高のソースで、たとえ荘介の料理でも美味しく食べられるのではないだろうか。そう思っていたが、頭の半分では思いとどまれという警鐘が鳴っている。しかし、久美は食欲のままに動いた。

「いただきます」

両手を合わせて言うと、気持ちが鼓舞され、がつんと野菜を掬い上げた。大きく口を開けて頬張る。そしてすぐに、自分の行いを後悔した。

「ひどい……」

熱々の野菜炒めが口の中を熱していくが、噛む気力が湧かない。荘介は久美の口の中の火傷を心配して言う。

「大丈夫ですか、はきだしてもいいんですよ」

久美は首を横に振ると、ほとんど噛まずに飲み込んだ。荘介が差しだした水を受けとり、飲み干す。それでもひどい味は消えず、お代わりを要求してコップを突きだした。

水を飲みながら、横目で野菜炒めを観察する。昼のサラダと同じく、やはり塩気があるところとないところがある。久美が口に入れたのは塩気がないところだった。キャベツには妙なぬめりがあり、にんじんは凍らせていたかのように冷たく硬い。ちょっと見ているうちに、野菜炒めから水分がどんどん滲み出てきて、皿が水浸しになっていく。

「……荘介さん」

水を飲み干した久美が、低い声で呼びかけると、荘介は神妙な様子で答えた。

「はい」

「落第です！　これじゃあ、家庭科の先生が、また泣きます。特訓しましょう！」

「えー、そこまでひどくはないでしょう」

久美から箸を渡されて、荘介は自作の野菜炒めを口に入れた。二、三度咀嚼して飲み込み、静かに言う。

「先生。特訓、よろしくお願いします」

久美は厳かに頷いた。

まずはお手本を見せるべく、久美が包丁を握った。野菜の洗い方、切り方は完璧だった荘介とほぼ同じだ。ただ、キッチン全体の高さが、身長が高い荘介のサイズに合わせたものなので、小柄な久美には使いにくい。調理器具も自宅のものと違い、慣れないもので手間取った。

それでもなんとか材料を揃え、フライパンを火にかけた。ごま油を熱し、にんじんとキャベツの芯を入れて炒める。火加減はずっと中火だ。火が通りはじめたらピーマンとキャベツの葉を投入し、ほどよくしんなりしてきたらもやしを入れ、塩を振る。味を確かめたら、もやしのシャキシャキ感が消えないうちに火を止め、コショウを振って軽く混ぜ、皿に盛った。

「どうぞ」

背伸びするようにしてカウンターに皿を置く。荘介は手を合わせて「いただきます」と言ってから、久美の野菜炒めを口にした。途端に頬が緩み、顔に明るい色が差す。まるで、天上の果実でも食べたかのような笑みを浮かべた。

「とても美味しいです」

「自分で作ってみて、よくわかりました。荘介さんは野菜を一度に入れてました。それじゃ、硬い野菜に十分に火が通りません。火加減も最初から最後まで強火です。焦げができるのに生焼けの部分があるのは、そのせいです。塩も適当に振って、味見もしてません」

怖い顔をする久美におののいた荘介から、笑顔が消えた。

「そうですね……」

小声で言った荘介に、久美はさらに厳しい言葉を浴びせる。

「料理をしたときに試食することは大切です。これはお菓子作りと、なにも変わりません。特性を伸ばすように調理しなければ、せっかくの素材を台無しにしてしまいます。こんなこと、荘介さんなら、よく知ってますよね」

荘介はますます小声になる。

「はい、仰るとおりです」

「じゃあ、なぜ実践しないいんですか？」

「さあ。なんでだろう」

久美は両手を腰にあてると低い声で宣言した。

「赤点です。再試験を受けてください」

　荘介は不思議そうに言う。

「再試験って、なにかな」

「作り直しです」

　一瞬、嫌そうな顔をした荘介を見て、久美は荘介が料理が嫌いなのだと悟った。

「いや、作り直しする前に、久美さんが作ってくれた野菜炒めを食べましょう。冷めてしまったら、もったいないよ」

「それもそうですね」

　未だ空腹のままの久美は、再び食欲に忠実に動く。荘介と並んでカウンターに座り、一つの皿を二人でつつく。

「野菜炒めだけじゃ寂しすぎるよね。ごはんを冷凍しているから温めて、それと味噌汁を作るよ。あと、なにか……」

「いえ、待ってください。お味噌汁は私が作ります」

　片手を突きだした久美に動きを制された荘介は、相好を崩した。

「そう？　じゃあ、お願いしようかな」

　久美は眉根を寄せた怪訝《けげん》な表情になる。

「なんでそんなに嬉しそうなんですか？」

「久美さんが手料理を振るまってくれるからですよ」

料理の特訓のはずが、自分が手料理を振るまうことになってしまったことに初めて気づいた久美は、悔しさに口をへの字に曲げた。慣れないキッチンでの野菜炒めは、いつものような味にはできなかった。これでは味噌汁もどうなることかわからない。料理が下手な荘介に食べさせて酷評を得たら、怒りが湧くことは明白だ。だが、今日はもう荘介が作った料理を食べる気力が残っていない。

「しかたないです。お腹が空いてますから」

荘介は、にこやかに頷く。久美はその笑顔に騙されず、釘を刺す。

「再試験はまた別の日にしますからね。自習を怠ったらだめですよ」

「久美先生」

学生のように手を挙げて発言する荘介に、久美も教師のように答える。

「なんですか、荘介くん」

「再試験の前に補習授業をお願いします」

久美はぱちぱちと瞬きする。

「補習授業って、なにをするんですか？」

「先生のお手本を見て、味を覚えたいんです。いきなり実地試験は無理があるのかもしれないと思って」

荘介の言葉にも一理あると、久美は頷く。

「そうですね。料理の手順や、味見するタイミングも覚えてもらった方がいいかもしれません。それに……」

「それに？」

荘介の手料理をまた食べる決心が今はつかないという本心を隠して、久美は「べつに」と答えておいた。

「じゃあ、久美先生。次の補習はいつにしましょう」

嬉しそうな荘介を見ていると、このキッチンにまた立つのもいいかなという気持ちになって、久美も微笑んだ。

「いつでもいいですよ」

「じゃあ、明日にしましょう」

「いくらなんでも間が空かなすぎじゃないですか。自習する時間もないでしょう」

「では、明後日」

「だから、補習までに自習しておいてほしいんですってば」

「では、日曜日はいかがですか」

人が変わったかのように意欲的な、押しの強い荘介の態度に首をひねりながらも、久美は了承した。荘介の料理の腕が早く上達するに越したことはない。日曜日は品数を増やして、いろいろな味を食べさせよう。素材と調味料の相性も覚えさせなくては。

そんなことを考えているのが表情から丸わかりで、荘介はますます気を良くしてにこやかだ。

こうして、スパルタ式の料理教室になるはずが、手料理を振るまうだけのおうちデートに変わってしまったことに、久美はまだ、気づかない。

あとがき

『万国菓子舗　お気に召すまま』の八冊目の本になります。

荘介たちは相変わらず大騒ぎしたり、時にはしんみりしたりしながら、今日も元気に働いています。

この本を見つけてくださり、手に取ってくださり、ページをめくってくださり、本当にありがとうございます。甘いもの、塩気のあるもの、お菓子をいくつかご用意しましたが、お気に召すものはありましたでしょうか。


久美は白いシンプルなシャツを仕事着に使っていますが、誰も知らない、小さなこだわりがあります。

買ったばかりのシャツのボタンを一度すべて外し、付け直すのです。

そうすると、そのシャツが自分のものになった、自分が大切にすべき宝物になったと思えるから。自信をもって身に着けたシャツは、胸を張り、襟を正し、お客様を迎えるための式服になるのです。

さて。今回、作中にベチバーという植物が出てきます。

久美が語るとおり、インドのアーユルヴェーダに用いられる植物ですが、久美が使ったものは地元、福岡県産のベチバーです。

お茶として使う他にも、精油としてアロママッサージに使われたりもします。土の温かさを感じさせる優しい香りです。さまざまなオイルと調合した香水のベースノートにも使われる、どっしりとした頼れるやつです。

蘊蓄を披露しがいのある珍しいお菓子もあれば、説明のいらない身近なお菓子まであるものです。

もちろん、どちらも『万国菓子舗　お気に召すまま』にはあるのですが、どんなに知られたお菓子でも、荘介の蘊蓄は止まりません。そのお菓子が産まれたきっかけ、そこに込められた思い、培った伝統。そんな話を誰かに聞いてもらうときをわくわくして待っているのです。だからどうぞ、ドアベルをカランカランと鳴らしてください。

今日も新しいお菓子を準備して、あなたのご来店を心よりお待ちしております。

二〇二〇年四月　溝口智子

この物語はフィクションです。
実在の人物、団体等とは一切関係がありません。
本作は、書き下ろしです。

溝口智子先生へのファンレターの宛先

〒101-0003　東京都千代田区一ツ橋2-6-3　一ツ橋ビル2F
マイナビ出版　ファン文庫編集部
「溝口智子先生」係

ファン文庫

万国菓子舗　お気に召すまま

雪の名前と甘いレモンコンポート

2020年4月20日　初版第1刷発行

著　者	溝口智子
発行者	滝口直樹
編集	山田香織（株式会社マイナビ出版）　鈴木希
発行所	株式会社マイナビ出版
	〒101-0003　東京都千代田区一ツ橋二丁目6番3号　一ツ橋ビル2F TEL 0480-38-6872（注文専用ダイヤル） TEL 03-3556-2731（販売部） TEL 03-3556-2735（編集部） URL https://book.mynavi.jp/

イラスト	げみ
装　幀	徳重甫＋ベイブリッジ・スタジオ
フォーマット	ベイブリッジ・スタジオ
DTP	富宗治
印刷・製本	図書印刷株式会社

ISBN978-4-8399-7149-6
Printed in Japan

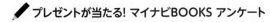

ファン文庫

万国菓子舗　お気に召すまま

満ちていく月と丸い丸いバウムクーヘン

形あるものはいつか壊れるが、
人の気持ちは変わりゆく

ふとした拍子に、美奈子が気に入っていたという木型を壊してしまう久美。荘介は「大丈夫ですよ」とは言うけれど、久美は落ち込んでしまい…。

著者／溝口智子
イラスト／げみ

Fan
ファン文庫

万国菓子舗　お気に召すまま
秘めた真珠と闇を照らす光の砂糖菓子

レシピノートの最後が埋まったとき、
二人がたどりつく答えとは――？

ある日、藤峰から動物園のダブルデートに誘われてしまった久美。恋愛とは縁遠い生活を送っている久美だが、真っ直ぐな好意をぶつけられたせいで、気持ちに変化が…。

著者／溝口智子
イラスト／げみ

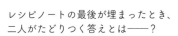

ファン文庫

万国菓子舗　お気に召すまま

幼き日の鯛焼きと神様のお菓子

著者／溝口智子
イラスト／げみ

当店では、思い出の味も再現します。
大人気の菓子店シリーズ第７弾！

ぶらりと立ち寄った蚤の市で高額な一丁焼きの鯛焼き器を手に入れた荘介。それを知った久美から「経費節減！」と叱られる。しかしその金型には、思い出がたくさん詰まっていた。